여성의 우월성에 관하여

DE LA SUPERIORITE DES FEMMES
by Alexandre LACROIX
Copyright ⓒ FLAMMARION S.A, Paris, 2008
Korean Translation Copyright ⓒ Mujintree Co. Ltd. 2009
All rights reserved.

This Korean edition was published by arrangement with FLAMMARION SA, (Paris)
through Bestun Korea Agency Co., Seoul

이 책의 한국어판 저작권은 베스툰 코리아 에이전시를 통해 저작권자와의 독점 계약으로
(주) 뮤진트리에 있습니다.
저작권법에 의해 한국내에서 보호를 받는 저작물이므로 무단전재와 무단복제를 금합니다.

여성의 우월성에 관하여

알렉상드르 라크루아 | 이주영 옮김

갑자기 내 오감이 열렸다.
세상이 다르게 보이다니, 몇 달만에 처음있는 일이다.
갑자기 감정의 소용돌이에 휘감기면서 내 욕구,
내가 빠졌던 우월한 여성들과의 접촉을 통해 겪은 마음의 번뇌가 사라졌다.
지금, 세상이 내 눈앞에 펼쳐져 있다.

8월 17일 목요일

그날그날 사랑하면서 살아가요

나와 함께 사는 그녀는 글을 아주 잘 쓴다. 확실히 글재주가 있다. 아첨하는 게 아니라 진심으로 이야기하는 건데, 그녀가 문장을 잘 다듬기만 한다면 더 좋은 글이 나올 것 같다. 그에 반해 난 글 쓰는 게 영 시원치가 않다. 괜히 겸손한 척하려고 이런 말하는 게 아니라 진짜 그렇다. 그러나 어찌 되었든 이것도 재주라고 난 현재 글 쓰는 일을 업業으로 하고 있다. 그러다 보니 글을 위한 글을 쓰거나 알맹이 없이 겉멋만 잔뜩 들어간 표현을 만들어내기 위해 글을 쓰게 된다. 글을 쓰고는 표현 방식을 다듬고 평범하기 짝이 없는 문맥과 묘사를 그럴듯하게 고쳐낸다. 내가 쓴 여러 권의 책을 보면, 겉도는 문장에 아무런 뜻도 없는 문장이 한두 개가 아니다. 하지만 나와 함께 사는 그녀는 …… 물론 그녀는 직업적으로 책을 쓰지는 않는다. 다만 활활 타오르는 강렬한 감정을 마음껏 표현하고 싶을 때 글을 쓸 뿐이다. 감정을 주체할 수 없을 때 글을 써 내려가는 것이다. 그렇게 그녀는 글 속에 생명력과 열기를 전달한다. 독자 여러분의 생각은 어떤가? 깜짝 놀랄 만한가? 믿어지지 않는가? 자, 그럼, 여러분이 직접 그녀의 글을 평가해보길 바란다.

　　진심이 담긴 편지
　　사랑하는 연인
　　스테판, 당신에게

　어제 저녁에 당신과 이런 토론을 했죠? 사랑에 대해, 당신의 사랑과 나의 사랑에 관해. 우리 서로 사랑에 대해 이야기하기로 계약을 맺어요. 그러면 우리 둘은 정말로 사랑에 대해 이야기할 수 있을 거예요.
　어제 당신은 내게 '좋아'라고 말하기보다는 '싫어'라고 말할 때가 더 많은 사람이라고 자신에 대해 말해주었어요. 그리고 우리의 계약을 믿으라고 말했죠. 그건 그렇고, 왜 그 술집에서 나와 함께 나가지 않았나요? 함께 나갔으면 우리 둘이 잠시라도 애정 어린 달콤한 말을 주고받을 수 있었을 테고, 당신과 나, 사랑이 깃든 다정한 애무를 나눌 수 있었을 텐데요.

그런데 오늘 저녁은 당신 때문에 혼란스럽고 불안하네요. 약속했듯이 침묵하지 않고 솔직하게 말할래요. 지금 당신에게 쓰는 이 편지도 솔직한 내 마음을 담은 거예요. 내 사랑, 당신을 사랑하니까요.

자, 내 감정은 이래요. 당신을 너무나도 사랑하기에 당신과 함께 모든 것을 하고 싶어요. 끝없이 무작정. 구체적으로 무엇을 하고 싶은지는 모르겠어요. 그냥 자유를 마음껏 누리고 싶어요. 서로 보고 싶을 때 보거나 누군가 한쪽이 미친 듯이 그리우면 서로 전화를 할 수 있는 자유 같은 것. 내일 당신은 당신대로, 나는 나대로 가족과 함께 여행 준비를 해야 해요. 보름 동안 우린 서로 떨어져 있어야 하죠! 하지만 떠나기 전에 서로 얼굴 볼 시간이 있으니 다행이에요. 오늘 저녁, 우리 두 사람은 한 침대에서 잠자리를 하겠죠. 너무나도 지루했던 하루에 지친 몸을 서로 꼭 껴안으며 잠을 자겠죠.

우리 함께 방황하며 자유를 누려요. 우리 사랑이 다른 사람들에게 방해받지 않도록 금을 그어놔요. 다른 사람들이 자리를 많이 차지하는 건 문제가 되지 않아요. 우리 둘이 서로를 믿는다면 각자의 아이와 배우자에게 눈길을 준다 해도 우리 사이가 위태로워지지는 않으니까요. 우리 서로에 대한 끈을 단단히 죄어요.

날 지켜줘요, 스테판. 내게 힘을 줘요. 매일 내 사랑을 시험하게 하지 말아요. 잘못하면 나에 대한 당신의 사랑을 의심하게 된답니다. 우리의 사랑이 위태로워지느냐는 순전히 우리 두 사람에게 달렸어요.

그날그날 사랑하면서 살아가요.

오늘 저녁, 내가 얼마나 괴로운지 알 거예요.

당신과 잠시라도 사랑을 나눌 수 있다면 그것으로 족해요. 당신의 품 안에서 말예요. 당신의 몸과 머리카락에서 나는 향기를 맡는 게 그 무엇보다도 내게는 소중하답니다. 당신의 사랑을 느끼고 싶어요. 당신이 날 필요로 했으면 좋겠어요. 당신이 사랑하는 사람이 오직 나 하나이길 바래요.

우리 함께 강해져요. 즐거움, 서로에 대한 욕망을 마음껏 즐겨요. 우리 서로 손을 잡아요. 우리는 잃을 게 없어요. 얻어낼 것만이 남았으니까요. 지상의 행복은 누려볼 만하지 않나요?

난 우리가 서로 사랑했다고 생각해요. 그 순간에 우리의 사랑은 분명히 강렬한 사랑이었어요. 우리 이 사랑을 지켜가요. 물론 아주 어려울 거예요. 그래도 우리의 사랑을 지켜가야 해요. 그렇지 않으면 모든 게 무의미해져요.

오늘 저녁, 내가 이렇게 당신에게 편지를 쓰는 이유는 당신을 진심으로 사랑하기 때문이에요.

당신은 날 진심으로 사랑하지 않는다고 말할 수도 있겠죠. 진심으로 사랑한다는 말이 당신에게 너무 부담스럽고 두려울 수도 있겠죠. 내가 당신에게 모든 것을 설명하고 제안했어야 하는데.

날 진심으로 사랑한다고 말해줘요, 스테판. 물론 당신에게 강요하는 건 아니에요.

내가 잘못을 저지르고 있는 건지도 몰라요. 하지만 후회하지는 않아요.

자, 편지는 여기까지예요, 내 사랑. 나의 마음은 당신 거예요. 원한다면 내 마음을 가져가요.

마틸드

여러분도 상상했듯이 난 그녀가 쓴 이 편지를 처음 읽고는 문학적인 재능이 돋보이는 표현력에 눈이 갔다. 하지만 그 다음에는 목이 뻣뻣해졌다. 턱의 힘줄이 팽팽하게 당겨지는 것 같았다. 이럴 수가! 어쨌든 배우자의 하드디스크, 컴퓨터에 저장된 내용을 보고 뻔뻔스럽게도 배우자의 마음, 작은 비밀을 알게 되면 마음이 찝찝해야 정상이었다. 나 역시 그랬다. 마틸드에 대한 나의 희망과 환상이 무너지고 진실을 알게 되자 역겹다는 기분이 들었다.

그래, 창자가 뒤틀리며 느끼게 되는 역겨움 같은 것 말이다. 마틸드의 편지를 읽은 후 나는 토하고 싶었다. 그러면서도 그녀의 편지를 읽고 또 읽으면서 편지에 나오는 문장 몇 구절을 머릿속에 기억했다. '나의 마음은 당신 거예요. 원한다면 내 마음을 가져가요.', '당신과 함께 모든 것을 하고 싶어요.' 이 두 문장을 읽고 있으니 정말로 괴로워 미칠 지경이었다. '우리가 너무나 좋아하는 사랑이 깃든 다정한 애무', '당신과 잠시라도 사랑을 나눌 수 있다면 그것으로 족해요.', '당신의 몸과 머리카락에서 나는 향기를 맡는 게 그 무엇보다도 내게는 소중하답니다.' 특히 여기서 세 번째 문장은 가장 잔인했다. 마틸드가 사랑에 빠졌다는 건 그냥 그렇다고 치자. 하지만 그녀가 느끼는 열렬한 사랑의 감정, 애인과 살을 맞대었고 애인의 체취를 느꼈다는 사실을 알게 되니 가슴에 돌덩이가 있는 것처럼 마음이 무거웠다. 그녀의 편지에 나오는 이러한 문장들을 읽으니 그녀의 사랑이 상상이 아닌 현실이란 게 분명해졌다. 진짜로 현실에서 일어나고 있는 일이었다. 잔인할 정도로 생생한 현실이었다. 꿈을 꾸고 있는 게 아니라 진짜였다.

목이 나무처럼 뻣뻣해졌고 머리가 지끈지끈 아파왔다. 저녁 11시 30분, 우리 집이었다. 아들과 며칠 동안 우릴 도와주러 온 베이비시터는 세상모르고 깊은 잠을 자고 있었다. 마틸드는 친구 집에 가 있었다. 그녀가 친구 집에 간다고 했으니 그렇게 믿을 뿐이었다. 그런데 오늘 저녁 난 그녀에 대해 많은 것을 알게 되었다. 지난 몇 주 동안 그녀와 지치도록 오래 대화를 했지만 이렇게 그녀에 대해 많은 것을 알지는 못했다. 그저 서로 무덤덤해진 부부의 대화에 불과했다.

전등 하나가 켜져 있었다. 거기서 나오는 불빛이 내 어깨를 감싸며 원기둥 모양이 되었다. 난 숨을 크게 들이마셨다. 마음 같아서는 한바탕 난동이라도 부리고 싶었다. 그랬다. 그녀의 비밀을 알게 된 이상 더는 참기가 힘들었다. 어두컴컴한 안방에서 마틸드를 기다리며 아무 일도 없다는 듯이 그냥 있을 수가 없었다. 어찌나 속에서 불이 나는지 여기저기 움직이며 그 열기를 식혀야 했다. 그래서 자리에서 일어나 의자 등에 걸려 있는 윗도리와 자전거 열쇠를 집었다. 이제 할 일은 한 가지밖에 없었다. 인간의 영혼이 백 퍼센트 미덕으로만 이루어질 수는 없는 법이다. 천사처럼 쌔근쌔근 자고 있는 아들을 깨우지 않으려고 난 가능한 조심스럽게 문을 닫았다.

6월 4일 일요일(두 달 전)
내가 당신을 마지못해 받아들여야 하잖아

정확히 그 순간 난 문어처럼 혐오스런 존재가 된다는 게 어떤 기분인지 알 수 있었다.

일요일 이른 아침이었다. 마틸드와 나는 페론 마을에 있는 우리집의 널찍한 침대에서 아직 세상모르고 자고 있었다. (상세한 이야기를 하기 전에 페론 마을이 마틸드와 나에게 어떤 곳인지 설명할 필요가 있다. 선과 악을 발견하기 이전에 우리가 지은 보금자리, 즉 우리만의 에덴동산이라 할 수 있었다.)

스물두 살쯤에 우리 두 사람은 먹고사는 현실적인 문제에 부딪치게 되었다. 마틸드는 신생 출판사에서 어시스턴트로 일하게 되었고, 나는 광고회사에서 전략기획가로 일하게 되었다. 그동안 마틸드와 나는 지식을 습득하고 말재주를 늘리는 일에 열심이었는데 우리의 이런 가상한 노력이 결실을 보게 되었다. 어쨌든 마틸드와 나는 문화산업에 종사하긴 했으나 맡은 일은 잡일에 가까웠다. 우리 두 사람은 대학과 그랑제콜(엘리트 코스 대학) 벤치에 앉아 유명한 이론을 암기했다. 우리는 이미 사회에서 인정해주는 졸업장을 갖고 있었다. 하지만 아무리 그래봐야 마틸드와 내가 사회에 나와 하게 된 일은 순전히 지식을 팔고 자본주의라는 기계의 톱니바퀴에 좀 더 그럴듯한 기름칠을 하는 것에 지나지 않았다. 사실, 이런 일을 하려고 그렇게 피땀 흘려 공부한 건 아닐 텐데. 이상하게도 마틸드와 나는 공부란 진지하게 그리고 사심 없이 지식을 추구하는 행위라는 생각을 품고 있었다. 회사에서 난 휴대전화 광고나 은행 광고 계획을 짜야 했다. 그때마다 난 학교에서 배웠던 위대한 철학자들, 가령 랭보나 니체, 하이데거 같은 위대한 저자들에 대해 다시 한 번 생각했다. 또한 내가 즐겁게 익혔던 위대한 정신에 대해서도 다시 생각했다. 그러자 지금의 내 모습이 부끄러웠다. 위대한 철학자와 작가들에게 무릎을 꿇고 용서를 빌고 싶은 마음이 들었다. 그냥 그랬다. 최고의 학문을 공부하면 뭐하나, 결국 사회에 나가 별것 아닌 일이나 하면서 자신을 뽐내는 수단에 불과한데. 한편 마틸드도 문학계의 천박함, 편집자들의 무지함과 입바른 말에 실망하고 있었다.

어느 화창한 아침, 기차 안에서 마틸드와 나는 서로의 눈을 똑바로 바라보고 있었다.

"우리가 뭘 해야 할지 모르겠어?"

"모르겠는데."

"파리를 떠나는 거야. 멀리 가는 거라고."

"정말?"

"우리 둘 다 사회에서 아첨이나 하고 비굴하면서 오만한 파리 사람으로 전락하기 전에 우리 자신의 영혼을 구해야 해. 우리의 영혼을 구할 시간이 아직 있단 말이야."

마틸드의 눈이 반짝였다. 저주받은 바빌론 제국과 같은 타락한 자본주의 사회에서 벗어나면 어떨까? 마틸드와 내가 이미 생각하고 있던 일이었다. 마틸드는 프랑스 부르고뉴 출신이었다. '페론'이란 마을에는 그녀의 어머니가 소유한 적이 있는 누추한 집 한 채가 있었다. 그 집에는 50년째 아무도 살고 있지 않았다. 마틸드와 내게는 꿈의 고향 같은 곳이었다.

다음 날 아침, 난 회사에 사표를 냈다. 부장은 얼굴이 시뻘게져서는 날 말렸다. 순식간에 얼굴이 굳어지더니 멍하니 허공을 바라보았다. 사표를 낸다는 건 모든 것을 버린다는 뜻일까? 복닥대는 사무실과 광고회사의 사탕발림에 잘 속는 고객들을 모두 남기고 가겠다는 뜻일까? 물론 부장도 사표를 내고 싶은 마음이 굴뚝같았을 것이다. 하지만 먹고사는 현실적인 문제가 중요하다는 것을 알기에 사표를 내겠다는 날 말렸을 것이다.

11월 초, 마틸드와 나는 부르고뉴 남쪽에 있는 편편한 들판을 다시 찾았다. 우리 둘 다 운전면허가 없었다. 이동수단으로 우리가 가지고 있었던 건 자전거 두 대와 구식 오토바이 한 대였다. 집에는 전혀 난방이 되지 않았다. 마틸드와 나는 일상에서 탈출한다는 기쁨에 사로잡힌 나머지 필요한 물건을 챙기는 일도 잊어버렸다. 처음 몇 주는 얼어 죽을 정도로 추웠다. 도로는 눈 더미로 덮였고, 기온은 영하 5도까지 내려갔다. 우리는 석유난로와 난방기를 얻었다. 벽난로에 불을 붙였지만 낡아서 그런지 잘 붙지 않고 매캐한 연기만 가득했다. 방 온도는 7도를 넘지 않았지만 두툼한 털 이불을 덮고 서로 붙어 있으니 기분 좋은 따뜻함이 느껴졌다.

며칠 동안 나는 낮에는 소설을 쓰며 시간을 보냈다. 처음 몇 달 동안 마틸드는 집 안을 정돈하며 시간을 보냈다. 일상에서 탈출한 모험을 하는 동안, 그러니까 그 겨울에 우리는 아이를 갖게 되었다. 아이의 이름은 '쥘리앵'이라고 지었다.

페론. 그곳에서 우리 가족은 7년 정도를 살았다. 그 7년 동안 집을 살 만한 곳으로 만들어놓았다. 하지만 이 집을 뒤로한 채 우리 가족은 다시 파리로 돌아가야 했다. 섭섭했다. 페론에서 우리 가족이 알게 된 친구들, 집근처 아담한 언덕, 계절마다 마법처럼 아름다운 모습을 보여준 포도나무, 맑은 하늘, 이 모든 것이 좋긴 했지만 우리 가족의 생활은 겨우 입에 풀칠이나 하는 수준이었다.

커플마다 가슴 떨리는 낭만적인 연애 시절이 있었을 것이다. 만나게 된 배경, 두 사람이 사귀게 되었음을 알리는 첫 키스와 포옹이 낭만적인 연애 시절의 추억일 경우가 많다. 마틸드와 나도 낭만적인 연애 시절을 갖긴 했지만, 우리 두 사람은 페론에서 지

내며 진정으로 마음과 사랑을 나누기 시작했다. 페론, 우리 둘 만의 무인도. 로빈슨 크루소가 스페란자 섬에 애착을 보이듯, 마틸드와 나도 페론에 남다른 애착을 품고 있었다. 하지만 아무리 그래도 현실적인 문제가 있으니 추억이 얽힌 페론을 떠나야만 했다. 미치지 않고 이 세상에서 살아남으려면 무감각해질 필요가 있었다.

파리에서 온 두 지식인인 마틸드와 내게 페론은 자연이 살아 숨 쉬고 다듬어지지 않은 투박한 아름다움이 있는 곳이었다. 끝없이 안개가 자욱하고 이가 딱딱 마주칠 정도로 추운 밤이 일찍 찾아오는 곳이었다. 비가 온 뒤에는 주변이 고즈넉하고 흙바닥이 축축해지는 곳이었다. 잎이 다 떨어진 나무들은 12월 하늘 아래에서 삐걱거리며 흔들리는 건물의 골조 같은 모습이었다. 페론에는 웃음과 놀이, 산책도 있었다. 너무 추워서 얼른 따뜻한 이불 속으로 들어가던 일도 재미있었다. 파리에서는 절대로 이런 안락함과 편안함을 느낄 수가 없었다. 여기저기에서 요청받는 일도 많고 끝없이 모험을 해야 하는 파리에서는 편안하고 안락할 새가 없었다. 페론에 있으면 마틸드와 나의 사랑은 한없이 순수해졌다. 사랑의 묘약을 만드는 기분이었다. 파리에서는 절대로 이런 순수한 사랑을 느낄 수가 없었다.

자, 이제 문어 이야기로 돌아와 보자. 무슨 말이냐고? 해안가에 떠내려온 문어를 생각해보자. 고무처럼 물렁거리는 살덩어리와 약간 징그러운 느낌을 주는 문어, 굵은 모래와 해초가 붙어 있는 문어 말이다.

일요일 아침이었다. 마틸드는 꿈을 요란하게 꾸고 있었다. 한숨을 쉬고 신음 소리를 내며 꿈속의 존재와 싸우고 있는 듯했다. 마침 거의 자는 둥 마는 둥 하고 있던 나는 눈을 떴다. 그녀가 악몽을 꾸고 있음을 알게 된 나는 안아주려고 다가갔다. 그런데 갑자기 그녀가 벌떡 일어나더니 눈을 떴다. 그녀의 눈은 형용할 수 없는 공포를 담고 있었다. 그녀가 이렇게 공포에 떠는 건 악몽 때문이 아니었다. 나 자신이 그녀에게 공포 그 자체였던 것이다. 잠시 후 그녀는 다른 감정에 사로잡혔다. 난 그녀에게 혐오스런 존재였다. 그날 아침 그녀는 나와 한 침대에 있고 싶어하지 않았다. 난 이미 배우자로서 자격이 없었다. 난 그녀를 보호해줄 수도, 품에 안아줄 자격도 없는 놈이었다. 난 더 이상 인간도 아니었다. 마틸드의 눈이 분명 그렇게 말하고 있었다.

난 문어 같은 존재였다.

"왜 그래? 그냥 안아주려고 그런 건데."

"필요 없어."

"어째서?"

"당신이 날 안게 내버려두면 5분도 지나지 않아 내가 당신을 마지못해 받아들여야 하잖아."

"그렇지 않아."

"그만둬, 난 당신을 알아. 15분 뒤에 섹스를 하고 싶을 때만 내게 다정하지."

"정말 대책이 안 서는 여자군."

난 큰 소리로 말하며 돌아누웠다. 그리고 침대의 맨 가장자리로 몸을 옮겼다.

모욕은 있을 수 있는 일이긴 하지만 우리 두 사람이 서로 이렇게 모욕하는 일은 흔치 않았다. 마틸드는 대답조차 하지 않았다. 내게 뭐라고 하지도 않았다. 그냥 될 대로 되란 식이었다. 그게 그녀가 원하는 거였다. 그녀에게 중요한 건 오직 하나였다. 내가 자신의 몸에 손을 대지 않는 일이었다.

순간 내 머릿속에서 모든 생각이 정리되었다.

몇 주 전부터 마틸드가 보여준 경고의 표시, 징후였다. 멍하니 딴생각을 한다든지, 잠자리를 계속 거부한다든지, 한번 삐치면 욕실에서 나오지 않는 등 오래 간다든지, 알 수 없는 상대들에게 이메일을 쓴다든지 하는 게 전부 그녀가 보여준 예사롭지 않은 징후였다. 마틸드의 희한한 행동에는 분명히 한 가지 이유가 있었다. 다른 남자에게 정신이 팔려 있어서였다. 그녀는 다른 남자를 사랑하고 있는 거였다.

하지만 난 이에 대해 따져 묻는 대신 침묵을 지켰다. 이상한 일이었다. 아무 말도 하지 않고 그녀를 그냥 내버려두는 게 더 나을 것 같다는 생각이 들었다. 그녀는 나와 거리를 두고 싶어했다. 나를 상대로 게임을 하고 싶어했다. 그런 그녀를 괴롭혀봐야 뭐 좋을 게 있겠는가? 어쨌든 난 이미 그녀에게 더 이상 사랑스럽고 매력적인 존재가 아니었다. 그러니 그녀를 붙잡을 수 있는 힘이 내게는 없었다.

6월 6일 화요일
극지방 탐사단의 과학자와 독신자

고전적인 문체는 철자나 문법, 구문처럼 언어를 다듬는 모든 규칙을 잘 지키는 문체다.

불필요한 것이나 문장을 거추장스럽게 하는 것, 즉 부사나 형용사, 다양한 수식어, 삽입구, 비유와 은유를 전부 없앤 문체다. '겉멋만 있고 불필요한 것을 모두 없애라.' 고전적인 언어로 글을 쓰려는 사람이 주장하는 슬로건이다. 생각을 잘 보여주도록 글을 다듬어야 한다. 글자를 옷이라고 해보자. 옷을 재단하여 몸에 딱 들어맞게 해야 한다. 여기서 몸은 글을 쓰는 대상이라고 할 수 있다. 문어처럼 혐오스런 존재로 전락해버린 퇴짜 맞은 남편은 고전적인 이야기의 소재가 될 수 없을지도 모른다.

문체의 문제는 인생을 사는 법과 비슷하다. 어떤 문체로 쓸지 선택하는 것처럼 인생도 어떤 방식으로 살지 선택하기 때문이다. 고전적인 삶, 그러니까 평범한 삶은 한편으로는 법이나 사내 규칙, 가식적인 예의, 여러 가지 관습과 같은 사회 규칙을 잘 지키면서 사는 일이며, 또 한편으로는 현실적인 인생 계획에서 불필요한 환상과 튀는 행동을 없애는 일이다.

페론에서 피곤한 아침을 보낸 후 마틸드와 나는 헤어지기로 결심했다. 하지만 헤어진다는 게 받아들이기도 쉽지 않고 충격적인 일이기 때문에 그녀와 나는 비극적인 뉘앙스를 덜어보려고 서로 '휴식 기간'을 갖자고 말했다. 앞으로의 일에 대해서는 생각하지 않고 서로 잠시 떨어져 있는 게 낫겠다고 우린 생각했다. 물론 휴식 기간이란 말 속에는 이중적인 부분이 있었다. 현실의 어려움을 교묘히 가리려는 방패막이었으니까 말이다. 12년 동안 함께 산 사람과 가벼운 마음으로 헤어지는 게 쉬운 일은 아니었다. 그건 분명히 고통스러울 만큼 아픈 일이었다. 몸의 일부를 잘라내는 것처럼 아파 견딜 수 없는 일이었다.

난 내 사무실에서 지내기로 했다. 그곳은 나의 잠수함이나 다름없었다. 파리 1구에 있는 내 사무실은 차고를 칸막이로 막아 만든 공간으로 창문이 없었다. 9제곱미터 공간에 샤워실과 주방도구가 딸려 있었다. 1970년산 포마이카 벽장마다 문 위에 뿌연 거울이 달려 있었다. 침구는 낮은 침대처럼 생긴 연단 같은 곳에 놓여 있었다. 한쪽 구석에는 탁자가 있었고 그 위에 내 컴퓨터가 놓여 있었다. 글을 쓰라며 집주인이 무료로 빌려준 좁은 사무실이었다.

 사무실은 불편하지는 않았지만 창문이 없어 환기가 잘 되지 않아 우울했다. 몇 시간만 있으면 날씨가 어떤지, 바깥세상의 빛이 어떤지, 단순히 날이 흐린지 맑은지도 알 수 없었다. 그냥 느낌으로 알 뿐이었다. 오후 3시처럼 한낮이면 몸이 절로 피곤해졌고 반대로 아침이 되면 몸이 개운해졌다. 밤이 되면 내일에 대한 걱정 없이 잠을 잤다. 혼자서 활동하고 책을 만드는 일처럼 시대에 뒤떨어진 케케묵은 일을 하는 사람이 살기에는 더없이 이상적인 장소였다. 그렇지 않으면 양로원으로 쓰기에 좋은 장소였다.

 사무실에서 난 평범하게, 고전적으로 살았다. 슈퍼마켓에서 장을 보고 파스타 한 접시와 요구르트로 소박한 저녁을 차려 먹었다. 와인은 딱 한 잔만 마셨다. 의자도, 소파도 없었다. 그래서 잠옷을 입고 책 한 권을 든 채 딱딱한 잠자리에 몸을 쫙 펴고 누웠다. 마틸드 생각은 하지 않았다. 그녀가 다른 남자와 잠자리를 하고 있을 거란 생각은 더더구나 하지 않았다. 그건 고전적인 생각, 평범한 생각과는 전혀 맞지 않아서였다. 하지만 잠시 상상해보았다. 그녀 얼굴에 나타난 기쁨의 표정, 도토리처럼 입을 쏙 내밀며 연인에게 다가가는 그녀, 그녀의 젖가슴 사이로 흘러내리는 연인의 땀방울, 섹스를 시작하는 그녀와 연인, 그녀 연인의 체취를 상상했다. 연적인 남자의 존재가 느껴졌지만 그에 대해서는 자세히 아는 게 없었다. 이런 상상만 해도 묘하면서 퇴폐적인, 낭만적이면서 비현실적인, 나아가 다다이즘적이면서 실존적인 기분에 빠졌다. 잃어버린 것을 생각하지 않았고, 오늘 저녁 아빠 없는 아파트에서 곤히 자고 있을 아들 쥘리앵을 생각하지 않았다. 그냥 난 책을 읽으면서 문장 하나하나의 의미를 곱씹는 데 최대한 집중했다.

고전주의는 위엄을 지키고 속마음을 드러내지 않는 신중함과 관계있었다. 나의 삶은 약한 실에 지나지 않았다. 재미로 흔들거나 둘둘 말다가는 손에서 벗어날 수 있는 약한 실이었다.

고전적인 나는 그에 맞게 평범한 생활을 했다. 저녁 10시 30분에 불을 끄고 자명종을 오전 7시에 맞춰놓았다. 고전주의는 멋지면서도 지루했다. 잠이 들기 전 성적인 상상 없이 곧바로 자위행위를 했다. 손으로 내 거시기를 만지며 사정을 했다. 사정을 한 화장지를 동그랗게 말아 정액을 닦아내며 마무리를 깔끔하게 했다. 흔히 말하는 고전적인 오르가슴은 최고의 황홀경을 선사하는 게 아니다. 고전적인 오르가슴은 가슴속에서 헐떡이는 소리를 나오게 하지 않는다. 이날 저녁, 연인에게서 충분히 애무를 받은 마틸드가 눈물을 참으며 가련한 남편인 나를 생각한 다음 잠이 든 건 아닌지에 대해 생각해보지도 않았다. 나 자신이 신중하고 순수한 남자, 자제하는 남자와 비슷하다고 느껴졌다. 딱딱한 쇠 침대에서 잠을 자는 신학생, 등대지기, 군인, 극지방 탐사단의 과학자, 독신자, 바로 그것이 나의 모습이었다. 이를 꽉 깨물고 욕구를 참으며 고전적인 밤을 보내야 하는 사람들은 수도 없이 많았다. 욕구를 참는다면 이성을 잃을 일은 애당초 없으리라.

6월 8일 목요일

당신의 비법이란 게 칫솔이네

난 다섯 번이나 의심에 사로잡혔다. 관찰자가 되어가고 있었다. 그러나 여자의 휘파람 같은 숨소리는 남다르게 다가왔다. 입에서 새어나오는 거친 그녀의 숨소리, 힘을 주며 쏙 들어가는 그녀의 배가 눈앞에 펼쳐지는 듯했다. 능숙한 여배우 같은 여자는 요염한 자세를 취하며 신음 소리를 잘도 낼 게 분명했다. 하지만 반사적으로 나오게 되는 흥분의 소리, 음부의 급작스런 변화는 어떻게 흉내 낼 것인가? 내 몸 아래에 금발머리의 폴린이 누워 있었다. 그녀는 풍만한 여자였다. 허벅지도 굵고 젖가슴도 컸다. 그야말로 풍만한 여자. 그녀는 잔잔하고 담담한 짙은 푸른색의 눈으로 내 눈의 깊은 곳까지 뚫어지게 쳐다보고 있었다. 그녀는 육체적인 쾌락으로 몸을 떨었지만 눈은 언제나 순수했다. 그녀와 나는 마치 평화로운 잔잔한 바다에 몸을 담그고 있는 산호초, 태평양의 표본 같았다. 아니, 아직 나에게는 이런 비유가 어울리지 않았다. 그녀가 날 보는 눈에서 두 가지를 읽을 수 있었다. 하나는 전적으로 자신의 몸을 내게 바치겠다는 눈빛, 또 하나는 가능한 거리를 두고 싶다는 눈빛이었다. 그녀는 눈을 깜빡이지 않았다. 어둠 속에서 그녀의 눈동자는 마치 멀리서 비추는 두 개의 점처럼 보였다. 우리는 간간히 한숨을 쉬었다.

자, 그럼 여러분에게 폴린을 소개하겠다. 폴린은 보통 침대 위에서 육체적인 쾌락에 어쩔 줄 몰라하는 헤픈 여자는 아니다. 그녀는 정신과 의사다. 그녀와 나는 처음으로 잠자리를 가졌다. 그녀를 처음 만난 건 2년 전 카르티에 라탱에 있는 어느 학생식당에서였다. 당시 좁은 이 식당에는 사람들로 넘쳐났다. 남은 자리라고는 하나밖에 없었기에 그녀는 그 자리에 앉을 수밖에 없었다. 그 자리란 게 바로 내 앞자리였다. 그녀와 나는 처음에 프로이트 이야기를 하다가 이어서 죽고 싶은 충동, 흥분 상태에 대해 이야기를 나누었다. 이에 대해 우리 두 사람은 허심탄회하게 이야기를 나누었다. 지적이고 전문적인 대화를 나누면서 열띤 토론을 했다. 단순히 생각을 밝히는 평범한 토론이 아니었다. 순간 우리 두 사람은 성적으로 끌렸다. 난 그녀의 입술에 키스를 하고 싶었다. 그녀도 잠시 나와 같은 기분이었다가 마치 심연 가까이에서 마음을 다잡은 사람처럼 이성을 찾았다.

"아니, 이러면 안 돼요."

폴린은 자유로운 처지가 아니었다. 하지만 그녀는 내게 집 주소와 이메일 주소, 유선전화 번호, 휴대전화 번호 등 필요한 연락처를 모두 남기고는 자리를 떴다.

난 폴린과 다시 만났다. 우리 두 사람은 아주 달콤하게 이야기를 주고받았다. 그녀와 있으면 머리가 돌 정도로 흥분되었고 이러한 내 기분을 그녀에게 글로 써서 표현했다. 그녀도 나와 있으면 알 수 없는 강한 떨림을 느끼곤 했다. 그러나 안타깝게도 나는 이미 함께 사는 여자와 아이가 있는 몸이었다. 폴린도 함께 사는 남자가 있었다. 나와 폴린은 더 이상 서로의 마음을 숨길 수 없었지만 그렇다고 감히 서로를 품에 안지는 못했다. 섣불리 열애에 빠졌다가 나중에 뒷감당을 할 수 없을 것 같아 두려워서였다. 그녀와 나는 너무나 감정적인 성격이었다. 우리 두 사람이 열애에 빠지면 고통이 이만저만일 것 같지 않았다. 우리 주변 사람들도 고통을 받을지 모를 일이었다. 더구나 그녀와 나는 상당히 똑똑했기 때문에 사랑에 대해 의심하고 있었다. '사랑에 빠지다.' 다 자란 어른의 삶에서 사랑만큼 무섭고 끔찍한 것은 없었다. 사랑이란 움직이는 운명의 무거운 수레바퀴와 같았다.

얼마 후 폴린이 내게 전화를 걸어 임신했다고 알렸다. 뭔가에 세게 얻어맞은 듯 충격을 받은 나는 그녀에게 이메일을 보냈다. 나름대로 페어플레이 정신이 강한 나는 이메일로, 다 괜찮으며 우리의 관계에 대해 다시 생각해봐야겠다고 썼다. 폴린과 내가 그냥 친구 사이로 남는 방법도 있었다. 그녀도 나와 친구 사이로 남고 싶어했다. 하지만 막상 그녀의 마음을 알게 되자 '이게 뭐야?'란 생각도 들었다. 참을 수가 없었다. 난 더 이상 그녀에게 전화도 하지 않았고, 그녀에게서 메시지가 와도 두 달 동안 답장을 보내지도 않았다. 하지만 한 번 더 사랑에 빠진 나는 그녀의 몸속으로 들어가고 싶었다. 너무나 불공평한 게임이었다. 마침내 망설이던 끝에 난 공중전화 부스로 들어가 그녀의 휴대전화 번호로 전화를 걸었다.

"지금 어디야? 통화할 수 있어?"

"응, 숲 속을 산책하고 있어."

"어떻게 지내? (자신 없는 소심한 목소리로) 아기는 뱃속에서 잘 자라고?"

"아, 그게 …… (폴린은 갑자기 말을 얼버무리며 목이 메는 소리를 냈다.) 아기는 더 이상 없어. …… 유산됐거든."

갑작스런 폴린의 말에 나는 깜짝 놀랐다. 양심이 깨어났는지 내 마음속에서 사랑이 달아났다. 독초와 같은 사랑이란 감정을 마음속에서 몰아냈다. 난 평소처럼 책 쓰는 일에 몰두했다. 책을 열심히 쓰다 보면 폴린도, 마틸드와 살았던 일도 모두 잊을 수 있었다. 폴린으로 인해 생겨났던 강렬한 감정을 버렸다. 이게 다 무엇을 위해서지? 생긴 지 몇 주 만에 세상에 나올 희망을 버려야 했던 유산된 태아를 위해서였다. 폴린의 유산 소식에 놀라고 그동안 감정을 낭비한 것 때문에 마음이 복잡한 난 전화를 끊어버렸다.

그런데 지금 폴린은 내 몸 아래에 있다. 그녀는 다리를 들어 무릎을 구부리더니 내 어깨에 걸쳤다. 그녀는 몸을 둥그렇게 말았고 난 있는 힘껏 그녀의 몸속으로 들어갔다. 폴린이 고개를 약간 돌렸다. 그녀의 머리카락이 침대보 위에 부채처럼 퍼졌다. 그녀는 침대 커버를 손으로 꽉 잡더니 낄낄거렸다. 폴린과는 이렇게 다시 시작했다.

폴린도 함께 살던 남자와 얼마 전에 헤어졌다. 그녀는 5년 동안 유명한 남자와 살았다고 한다. 정말로 유명한 사람이라 텔레비전에 자주 나오므로 여러분도 그의 목소리와 이름, 영향력을 알고 있을 것이다. …… 미안하지만 그 남자의 신분을 이 책에서 자세히 밝힐 수는 없다. 어쨌든 이미 이 책에서 그 남자에 대해 어느 정도 이야기를 했지만 그 남자의 개인적인 정보는 가능한 알려주지 않을 생각이다. 그래서 책을 쓰면서 삭제한 문장도 있고 애매모호하게 돌려 쓴 문장도 있다.

그런데 폴린이 함께 살았던 그 '유명인'은 성 불구자였다. 정말로 성 불구자였다. 그러니까 몇 초 이상 발기를 할 수 없는 증상을 지녔다. 그 유명인은 발기부전증을 고치려고 약도 먹고 도교와 탄트라교에도 심취하는 등 갖은 방법을 다 써보았다고 한다. 심지어 그 유명인은 정신 집중 훈련도 받았다고 한다. 폴린은 그 유명인에 대해 웃긴 이야기를 들려주었다. 그 유명인은 내연녀들을 절대로 만지지 않았다고 한다. 그래서 장갑이나 애무용으로 자신이 직접 만든 특수 플라스틱 손 덮개를 사용했다고 한다.

폴린과 그 유명인이 막 사귀기 시작한 시절, 어느 날 저녁에 그 유명인이 선물상자를 들고 그녀의 집을 찾아왔다고 한다. 선물상자를 든 그 남자는 대단히 의기양양했다고 한다. 그런데 선물상자 안에는 손으로 만든 진동기구가 들어 있었다. 너무나 유명인사라 섹스 숍에 들어갈 수 없었던 그는 집에서 만든 섹스 토이를 이용할 수밖에 없었다고 한다. 전기 칫솔과 점토, 그리고 덮개를 가지고 대충 조립해 만든 진동기구였다. 그 남자는 수치심도 없었다고 한다. 그는 오히려 자신만만하게 폴린에게 자신이 만든 진동기구를 선물로 주었다고 한다. 더구나 선물상자에는 리본이 묶여 있었다. 그 남자는 폴린에게 오랫동안 알고 지낸 여자 친구를 소개해주었다. 그 여자 친구는 이미 그 남자에게 여러 번 도움을 준 적이 있다고 했다. 당황한 폴린은 진동기구를 자세히 들여다봤다고 한다.

"그런데 뭐야. …… 당신의 비법이란 게 칫솔이네."

폴린의 이 말에 남자는 얼굴은 물론 귀까지 새빨개졌다고 한다.

그 남자는 정말로 크게 상처를 받았던 것이다.

화산처럼 격한 섹스. 폴린은 명성이 점점 떨어지고 있는 남자와 성적으로 불만족스런 생활을 해왔고, 그런 몇 년 동안 굶주린 섹스를 나에게 풀었다. 그야말로 격정적이었다. 그녀는 그동안 불능의 남자와 살면서 갈증 때문에 초췌해져 있었다. 그 유명인은 자신이 만든 진동기구를 너무 믿은 나머지 콘돔을 끼지 않았고 결국 그녀는 임신을 하게 됐던 것이다. 최고로 컨디션이 좋던 어느 날 저녁에 그 남자가 폴린의 몸속에 사정을 한 게 원인이었다. 그 밤을 보내는 중에 그녀의 몸에 아이가 생긴 것이었다. 하지만 그 후 그 남자는 폴린에게 밤마다 말을 시키며 잠을 재우지 않았다고 한다. 뿐만 아니라 그 남자는 쩌렁쩌렁한 목소리로 사랑을 고백하고 거의 협박조로 애정을 구걸하고 심리적으로 압박을 하면서 그녀를 괴롭혔고, 결국 스트레스를 견디지 못한 그녀는 유산을 하고 말았다.

평범한 생활의 막간을 이용해 난 폴린에게 전화를 걸었다. 그냥 그녀가 어떻게 지내고 있는지 궁금해서 전화를 한 것이었다. 만나자는 나의 제안에 그녀가 즉각 그러겠다고 했다. 다시 만난 폴린은 아주 지쳐 보였다. 유산, 유명한 남자와의 불행한 생활 때문에 심신이 지친 그녀는 눈 주위에 다크서클이 생겼고 얼굴은 수척했다. 하지만 여전히 아름다웠다. 그녀는 피곤해 보였고 금방이라도 쓰러질 것 같았다. 그런데 난 어떻게 보였을까? 폴린과 나는 거대한 소돔 안에서 빠져나오지 못하는 존재, 바빌론 제국에 환멸을 느낀 사람들 같았다. 우리 두 사람은 서로 배와 배를 밀착하며 최대한 몸을 따뜻하게 했다. 우리 둘의 모습은 이러했다. 이런 우리 두 사람 사이에 다시 강렬한 감정이 일어날지 확실치 않았다. 그러나 24개월 전 학생식당에서 처음 만난 이후 서로에게 느꼈던 욕망은 여전히 그대로였다.

사랑을 나눈 후 폴린과 나는 침대에 몸을 펴고 똑바로 누워 있었다. 순간 난 막연하게 의심이 들었다. 정말 그녀가 만족한 걸까? 난 최대한 노력했고 그녀는 일곱 번 내지 여덟 번이나 육체적인 쾌락을 느꼈다. 진짜로 격렬한 오르가슴을 느끼는 것 같았다. 내가 몸 안으로 들어갈 때마다 그녀는 크게 교성을 질렀다. 그러나 이렇게까지 오르가슴을 느끼는 게 불가능한 건 아닌가 하는 생각이 들었다. 지금 내가 느끼는 행복이 믿어지지 않았다. 혹시 폴린이 오르가슴을 느끼는 척하고 있는 건 아닐까? 자세히 알아보려고 난 그녀에게 자위를 해보라고 했다. 그러자 그녀는 기꺼이 내 요구에 응하며 한 손을 허벅지 사이에 넣었다. 그녀의 다리는 요동을 쳤고 몸은 천천히 둥글게 말렸다. 그녀는 자위행위 중에도 계속 헉헉거리며 흥분했다. 폴린은 정말 여자였다. 그녀의 조그만 신음소리. 정말 똑같았다. 아니, 그녀는 거짓으로 흥분하지 않았다. 오르가슴을 잘 느끼지 못하는 여자들도 있지만 그녀는 오르가슴을 여러 번 느낄 수 있는 여자였다. 난 그런 폴린을 만난 거였다. 난 생각에 잠겼다. 남자가 여자처럼 이렇게 격렬한 오르가슴을 느끼는 순간은 많지 않다. 남자는 아주 잠깐 동안만 쾌락을 느낄 뿐이다. 하지만 여자는 말단 신경까지 육체적인 쾌락을 느낄 수 있다. 때때로 폴린은 요동을 멈추고 잠시 오르가슴을 음미하는 것 같았다. 정말로 육체적인 쾌락을 누리는 순간만큼은 여성이 확실히 우월하다는 생각을 갖게 되었다.

6월 14일 수요일

저녁 5시에 화끈한 한 판 어때?

폴린은 블라우스를 벗어 백옥같이 하얀 동그란 젖가슴을 내게 보여주었다.

"보다시피 그 남자가 이렇게 상처를 냈어."

정말로 폴린의 가슴에서 젖꼭지까지 할퀸 상처가 여러 개 나 있었다. 짙은 자줏빛 상처 하나는 폴린의 어깨 위에 지그재그로 나 있었다.

"이게 다가 아냐. 한번 봐."

폴린은 잘 익은 밀 줄기처럼 탐스러운 머리카락을 치키더니 목에 군데군데 나 있는 찰과상을 보여주었다. 마치 목에 새빨간 스카프를 두르고 있는 것처럼 보였다.

폴린과 살았던 그 유명인 남자는 미친놈이었고 정말 성격 한번 더러웠다. (폴린과 살았던 그 남자를 유명인이라고 너무 자주 불렀으니 이제는 좀 다르게 불러야겠다. 예를 들어 'X'라고 부를 수도 있겠다. 아니, X는 별로다. 왠지 경찰 문서나 포르노가 생각나서다. 그래, 'Y'라고 부르는 게 더 나을 것 같다. Y는 중립적인 느낌이 들기 때문이다.) 며칠 전부터 Y는 절망적인 상황이었다고 한다. 그는 폴린의 이메일을 겨우 열어서 그녀가 내게 보낸 편지들을 읽었다고 한다. 분명히 내게 보낸 편지들이었다. '지금 당신의 몸 위로 올라가지 않고는 못 배기겠어. …… 당신의 몸과 애무에 중독되었어.' 또는 '당신과 사랑을 나누는 게 너무 좋아. 당신의 손, 입술, 목, 성기가 너무 좋아. …… 내 목에 느껴지는 당신의 숨결, 내 몸과 착 달라붙을 때 쾌락을 느끼며 땀에 푹 젖은 당신의 살결이 너무나 좋아.' '마찬가지로 당신과 똑같이 느끼는 나의 모습도 좋아.' (좀 더 간결한 글도 있었다. '저녁 5시에 화끈한 한 판 어때?')

어제 자정쯤에 Y는 현관문을 세게 두드렸다고 한다. 폴린이 문을 열어주자 그는 호랑이처럼 그녀에게 달려들더니 그녀의 머리를 바닥에 짓찧었고 이어서 뒤에서 그녀의 몸을 꽉 잡았다고 한다. 그녀를 소유하기 위해서가 아니라 목을 조이기 위해서였다. 그녀는 숨이 막혀 헉헉거렸다고 한다. 그의 힘에 저항할 수 없었던 그녀는 정신을 똑바로 차리고 또박또박 이렇게 말했다고 한다.

"날 죽이면 내일 당신 이름이 신문 곳곳에 실릴 거야. 당신이 쌓은 이력은 대단하잖아."

천재적인 정신분석학자인 폴린은 그의 아킬레스건을 건드렸던 것이다. Y는 대중 매체를 대단히 중시하는 사람이라 인간적인 면이 없고 부자연스러웠다. 그는 허울 좋은 명성 외에는 실체가 없는 존재였다. 실제로 그는 몇 시간이고 거울 속의 자기 모습을 보고 가식적인 얼굴 표정을 지으며 연습을 했다고 한다. 그는 인정을 받고 싶어 안달이 나 있었기 때문에 대중에게 좋은 이미지를 주지 못하면 참을 수 없어했다고 한다. 그런 그가 치정범죄에 연루되어 언론에라도 실린다면 그건 자살과 다름없었다. 가뜩이나 그의 업적을 기리기 위해 그의 조각상을 세우려고 하는데 그런 영광스런 기회를 물거품으로 만들 사람이 아니었다. Y는 폴린을 죄고 있던 양팔을 풀더니 로봇처럼 자리에서 일어나 상처 입은 그녀를 바닥에 그대로 내버려둔 채 미친 듯이 나갔다고 한다.

"이제 어떻게 할 거야?"

"뭘 하긴. 내가 어떻게 했으면 좋겠는데?"

"고소를 해야지. 아니면 적어도 가정폭력에 대한 서류라도 제출하든가."

"싫어, 그에게 독한 짓을 하고 싶진 않아. 정말로 요즘 많이 힘든가 봐……."

그렇게 정신과 의사인 척해 뭘 하려는 걸까? 폴린은 구타당하는 다른 여자들과 마찬가지로 가해자인 남자를 동정하고 있었다.

"얼마나 심각한지 몰라서 그래. 당신은 정상이 아냐. 당신과 살았던 그 남자를 감옥에 보내라는 게 아냐. 법의 따끔함을 보여주라는 거지. 그게 그 남자에게는 더 나아. 수사관의 취조에 응하게 하고 자기 행동에 대해 변호하는 경험을 하게 해주자는 거지. 이번 싸움은 현실이라고."

"그렇게 할 수는 없어."

"왜?"

"내가 입을 열면 내일 〈파리마치〉나 〈부아시〉 같은 잡지에 그 사람과 나의 일이 기사로 실릴 거라고."

"꼭 그렇지만은 않아. 경찰을 못 믿는 거야?"

"치, 당연하지. 경찰이 얼마나 부패했는데. 경찰은 유명인을 추락시킬 기회가 오면 당장 기자에게 직접 전화한다고."

"그 남자를 보호해주려고 하다니 이상해. 그는 당신의 목을 조르려고 했어. 그런 일을 당하고도 그 남자의 명성에 신경을 쓰는군."

"그이는 환자야. 당신이 말한 방법으로는 그이의 병을 고칠 수 없어."

"하고 싶은 대로 해."

폴린과 있으면 아주 빨리 육체적인 욕망에 불이 붙어서 좋았다. 함께 살았던 남자에게 살해 위협까지 당한 후 충격으로 몹시 지친 그녀였지만 몸짓만 한 번 하면 그녀와 나의 입술이 포개어지면서 곧바로 섹스 메커니즘이 다시 발동했다. 생각할 필요도 없었다. 우리는 그저 몸이 이끄는 대로 따랐다.

내가 공중전화 부스에서 폴린의 휴대전화에 전화를 걸어 산책 중인 그녀와 나누었던 대화 내용은 이미 말했다. 그 당시에 그녀에게서 유산 소식을 들은 것이다. 하지만 내가 말하지 않은 게 있다. 폴린에게서 나중에 자세히 들었는데, 사실 그녀는 유산 경험이 처음은 아니라고 고백했다. 이번이 벌써 여섯 번째라고 했다. 그녀는 습관적인 유산 때문에 병원에 가서 상담도 받았는데 의사는 그녀의 자궁 경부가 너무 벌어져 있고 모양도 기형이라고 했단다. 다음에 또 임신을 하면 편히 몸을 길게 뻗고 누워 몸 안에 고리를 끼우고 있으라고 의사들이 조언을 해주었다고 한다. 폴린은 '몸 안에 고리를 끼우다.' 란 표현을 사용했다. 그 표현을 듣는 순간 난 소스라치게 놀랐고 혐오감이 내 몸을 감쌌다. 외음부를 자물쇠, 또는 더 끔찍하게 말하면 쥐덫처럼 죄던 중세시대의 쇠고리가 생각나서였다.

베트남 전쟁 중에 쇠고리를 면도날처럼 뾰족하게 갈아 질 속에 넣었다는 베트남 창녀들에 대해 들어본 적이 있는가? 미군이 베트남 창녀의 몸에 성기를 삽입할 때는 아무 문제가 없지만, 성기를 뺄 때는 창녀의 질 속에 있던 뾰족한 쇠고리에 성기가 잘려버렸다고 한다. 그러면 잘린 성기에서 피가 콸콸 쏟아져 미군은 그 자리에서 사망했다고 한다. 이 무서운 이야기를 왜 하게 되었지? 어쨌든 고리만 떠올리면 혐오감이 드는 나의 이런 마음은 어쩔 수가 없었다.

폴린에게는 문제가 있었다. 이 문제 때문에 그녀는 연애할 때마다 실패를 했고 결국 Y 같은 남자에게 애정을 보일 수밖에 없었을 것이다. 문제가 뭐냐면, 그녀는 육체 문제를 있는 그대로 꾸밈없이 다룬다는 거였다. 그녀는 자신의 몸을 충분히 알고 있어서 막힘없이 쾌락을 느낄 줄 알았다. 분명히 그랬다. 하지만 그녀의 입에서는 가끔 무척 당황스런 말이 나오곤 했다. 독자 여러분이 한번 판단해보길 바란다.

"난 섹스를 하면서 그의 엉덩이 속에 손가락 두 개를 넣어 벌렸어."

폴린은 헐떡이며 이렇게 중얼거리기도 했다.

"좋아, 미칠 것 같아. …… 너무 좋아."

난 폴린의 목에 난 상처를 따라 가볍게 입을 맞추었다. 내가 그녀와의 정사 장면을 비열하게 이야기하고 있는 것 같지만 그런 건 아니다. 오히려 대단히 시적이다. 그녀와 나는 그녀의 집에 있었다. 검은색 마호가니로 만든 가구류가 주위를 둘러싸고 있는 집이었다. 머리맡 탁자 위에는 붉은색 양초가 타고 있었다. 그 양초 하나만이 우리 두 사람을 밝히고 있었다. 폴린은 엎드린 채 몸을 쭉 펴고 있었다. 더웠다. 오디오에서는 감미로운 재즈 음악이 흐르고 있었다. 액자마다 19세기의 판화 작품이 있었다. 그 판화 작품들은 우리를 바라보고 있었다. 난 그녀의 몸에서 손을 뗐다. 더 강렬한 행동을 할 준비가 되어 있었다.

"안 돼, 오늘 저녁은."

폴린이 중얼거렸다.

"왜? 하기 싫어?"

"그게 아니고 트림을 했단 말이야. 당신이 내 몸 뒤로 갈 때 내가 방귀를 심하게 뀔 수도 있어."

난 불쾌한 생각에 한숨을 푹 쉬었다. 이어서 난 폴린의 엉덩이에서 손을 떼었다.

자, 폴린이 어떤 성격인지 독자 여러분도 잘 알았을 거라 본다. '내가 방귀를 심하게 뀔 수도 있어.' 란 말을 '너무 피곤해.' 또는 '초콜릿이 먹고 싶어.' 와 같은 말처럼 아무렇지 않게 하는 게 그녀였다. '내가 방귀를 심하게 뀔 수도 있어.' 와 같은 말을 하면 상대 남자가 어떤 기분일지 전혀 생각하지 않는 여자였다. 폴린은 생리적인 현상에 대해서는 부끄러움이 전혀 없었다. 거의 천진난만한 수준이었다. 그리고 그녀는 음란했다. 하지만 정작 그녀 자신은 잘 모르고 있었다.

6월 15일 목요일

그 아이는 너한테 과분해

"말도 안 돼, 도대체 무슨 상상을 하는 거냐? 요즘 난 잘 지낸단다. 아직 죽을 때는 안 됐어."

어머니가 말씀하셨다.

"죄송해요, 그런 뜻은 아니었어요. 다만 어머니 말씀이 마치 유언처럼 들려서."

"잘못 들었겠지."

어머니는 첫 마디를 할 때부터 황당해했다. 어머니의 얼굴에서 표정이란 표정은 다 사라졌다. 멍한 눈빛에 엷은 미소를 띠우는 어머니는 마치 성벽 같았다. 오페라 극장 근처에 있는 레스토랑에서 난 성벽 같은 어머니 앞에 앉아 있었다. 어머니와 나는 질긴 쇠고기 등심을 능숙하게 썰고 있었다.

　오늘 점심은 내가 어머니에게 같이 하자고 한 거였다. 사실, 어머니와 나는 수년째 냉랭한 관계였다. 우리는 거의 이야기를 나누지 않았다. 그런데 몇 주 전에 어머니가 봉투 하나를 가져가라고 하셨다. 그 봉투 안에다가 어머니는 갖고 있던 내 어린 시절 사진들을 전부 넣어 돌려주었다. 그리고 봉투 안에는 어머니가 넣은 브리스톨 카드가 들어 있었는데, 그 카드에는 '내가 아들을 가졌던 시절을 추억하며' 란 간단한 글귀가 적혀 있었다. 조금 어색한 이 글귀에 관심이 갔다. 쉰다섯을 훌쩍 넘기신 어머니가 젊음과 아름다움이 시들어가는 당신의 모습에 불안감을 느껴 이런 행동을 하는 것 같았다. 분명 어머니는 뭔가 심기가 불편하니까 내 어린 시절 사진들을 치워버리려 하는 게 분명했다. 오늘 어머니에게 점심을 같이 하자고 한 것도 내가 어머니에게 뭐 도움이 될 만한 일이 없나 알아보기 위해서였다.

　"'내가 아들을 가졌던 시절을 추억하며', 이별을 고하는 글귀 같지 않아요?"

　"아, 그 문장은 내가 생각한 게 아니라 세르주(나의 계부)가 한 거야. 네 어린 시절 사진들을 봉투에 넣을 때 세르주가 이 글귀를 적는 게 어떠냐고 했어. 글귀가 적절한 것 같기도 하고 아닌 것 같기도 했지만. 어쨌든 그래도 어울리는 글귀란 생각이 들었지……."

　"하지만 이렇게 저더러 물건을 가져가라고 하신 게 이번이 처음은 아니잖아요. 6개월 전에도 제 시 작품들을 돌려주셨어요. 어릴 때 제가 어머니를 위해 지었던 시 작품들 말이에요. 왜 그러신 거예요? 도대체 제게 무슨 암시를 하시려고요?"

"아무 의미 없단다. 너한테 무슨 할 말이 있다는 거냐. 우리 관계에서 더 이상 기대하는 거 없다. 난 살아 있는 아들을 이미 묻은 거나 마찬가지야."

"장례식을 생각나게 하는 말씀이군요."

"잘못 이해한 거다. 나로서는 이미 다 해결되었어. 오랫동안 너와 멀어져서, 네가 나한테 무관심해서 괴롭고 화도 나고 원망도 되고 후회도 되었지. 하지만 지금은 그런 걸 모두 떨쳐버리기로 했다. 네가 더 이상 존재하지 않는다고 생각하니 마음이 한결 가볍더구나."

요즘 여자들은 도대체 무슨 꿍꿍이일까? 도대체 정확히 무엇을 노리는 걸까? 솔직히 이것도 모두 내 타고난 운명이었다. 여자들과의 관계에서 순서가 뒤집어진 것 같다는 생각이 몇 주 만에 들었다. 날 가장 사랑한 여자들이 지금은 나와 일체 연락을 끊었다. 날 가장 사랑한 여자들은 마치 달의 힘에 이끌려 뒤로 밀려가면서 바위를 그대로 버리고 가는 파도처럼 내게서 멀어지는 것 같았다. 어쨌든 어머니와는 이성적인 대화를 끝까지 밀고 가고 싶었다.

"청소년 시절부터 지금까지 어머니를 피하고 있어요. 제가 다른 보통 자식들 같았다면 어머니와 맞서려고 했을 거예요. 어머니와 싸우고 목소리를 높였겠죠. 어머니에게 반항하다가 어머니와 화해를 했겠죠. 하지만 전 그렇지 않고 저만의 세계에 빠졌어요. 그 다음 날도, 또 그 다음 날도. 어머니에게 말을 하지 않았죠……."

"알아. 그 이야기는 이미 했잖니."

"알았어요. 하지만 제가 왜 그랬는지 오늘 설명 드려야 할 것 같아요. 어머니와 맞설 수 없어서 가만히 있었던 건 아니에요. 제가 어렸을 때 어머니는 아버지와 이혼했고, 그 후 전 몇 년 동안 어머니하고만 살았죠. 어머니와 단 둘이서만 살던 때 전 어머니에게 아들 이상이었어요. 어머니에게 전 특별한 존재였던 거죠. 어머니가 비밀 이야기를 털어놓을 대상이기도 한 저는 어머니의 이야기, 어머니와 애인들의 관계에 대해 모두 알고 있었어요……."

순간 어머니가 어색한 미소를 지었다. 내가 과거의 추억을 이야기하는 게 못마땅하셨던 것이다.

"흥……, 내 애인들이라고 이야기하지만, 네가 말하는 것처럼 내게 그렇게 애인이 많았던 건 아니다."

"프랑스 남부 출신의 사업가가 있었죠."

"아, 그래, 폴-앙리. 그 남자와 새로이 인생을 시작하려고 했지만, 그가 병이 들었지. 암이었어……."

어머니는 '암이었어.'를 강조하면서 병든 남자를 떠날 수밖에 없었다고 변명하는 것 같았다…….

"아무렴 어때, 어쨌든 난 그 폴-앙리란 남자를 사랑하지 않았다. 그는 부유하긴 했지만 저택 정원에 감시 카메라를 여러 대 설치하고 복도에 있는 장식장에는 총을 여러 자루 넣어두었지."

"그리고 '포' 란 이름의 남자도 있었어요."

"흥……, 그 남자는 이중생활을 하고 있었지."

"그리고 소형 보트에서 살던 남자도 있었는데, '제라르' 요."

"아, 그 남자는 정말 세련되었지. 그 외에 다른 남자들이 있었다면 말해보렴."

"부인과 의사였던 '프랑수아' 도 있었죠."

"그 남자는 사랑하지 않았어. 그냥 섹스 파트너일 뿐이었지."

"건축가 사뮈엘."

"변태였어."

"튀니지 남자, 하비브."

"여름 한 해 동안만 만났지."

"그리고 우리 집 맞은편에 살았던 아르메니아인 남자."

"아, 그래? 그 남자와는 잠자리를 한 기억이 없는데."

"어머니가 스쳐간 남자들을 세고 있는 게 아니에요. 하룻밤이나 주말 하루 동안만 어머니를 스쳐간 남자들을 이야기하는 게 아니라고요."

"그러면?"

"전 어머니의 스케줄에 대해 거짓말을 했죠. 예를 들면 어머니가 자크를 만났어도 피에르에게는 전날 어머니가 자크를 만났단 사실을 이야기하지 않았어요. 저도 어머니의 복잡한 애정 행각에

동참한 셈이었죠. 뿐만 아니라 전 어머니의 보호자이기도 했어요. 그 시절에 어머니는 마치 주말 동안 기분이 우울해 하루 종일 잠옷을 입고 몽유병 환자처럼 텔레비전만 멍하니 보고 있는 여자 같았어요."

"어디서 그런 거짓말을 하는 거냐?"

"기억 안 나세요? 애인들이 떠나버리자 어머니는 외출도 하지 않고 활기도 잃고서 만사 귀찮은 듯이 우울하게 기나긴 일요일을 여러 번 보내셨잖아요. 기억 안 나세요?"

"난 늘 활기가 넘쳤어. 그 시절에는 일을 해 돈도 벌며 널 키웠지. 가끔 기운이 없을 때는 있었어도 네가 말한 것처럼 인생 다 산 사람같이 무기력하게 있지는 않았다."

"어릴 때 전 어머니를 지켜봐야 한다는 의무감에 사로잡혀 있었다는 말씀을 드리려는 거예요. 그 당시 전 어머니에게 아들이 아니라 오빠나 아주 가까운 친구 같은 존재였어요. 그래서 그 이후에는 어머니와 맞서지 않고 어머니와 거리를 둔 거예요. 어머니를 증오하는 마음은 없었어요. 그렇다고 오늘 제가 어머니에게 애정을 품고 있는 것도 아니고요. 이게 제 문제, 단점이에요. 그러니 어머니도 이런 절 이해하셔야 해요. 어머니를 아직 사랑하지는 않아요. 사랑하고 싶지만 잘 안 돼요. 어머니를 당연히 사랑하고 어머니에게 감사해야 하지만 마음속으로는 그런 감정이 안 생겨요. 오히려 어머니를 생각하면 짜증이 밀려오고 냉정해져요. 그렇다고 절 적군이나 패륜아 아들, 아니면 버린 아들 취급하시지는 마세요. 어머니가 마치 이승에서 마지막 작별인사를 하고 유산을 남기듯이 모진 말씀을 하고 제 어린 시절 사진들을 돌려주고 싶어하는 건 아닐 테니까요……."

"왜 마틸드가 네 곁을 떠났는지 이해가 되는구나. 넌 정말 못 말리는 놈이야. 마틸드에게 딴 남자가 생긴 거 맞지?"

"그게 …… 그래요, 마틸드에게 딴 남자가 있는 거 같아요. 물론 제게도 딴 여자가 있고요. 새로이 여자를 만났거든요. 정신과 의사예요. 얼굴도 예쁘고 아주 지적인 여자죠……."

"내가 지금 얼마나 기쁜지 모를 거야……."

어머니가 나이프와 포크를 내려놓더니 양손으로 접시를 잡고는 날 차갑게 바라보았다.

"마틸드에게 딴 남자가 있다니 정말 기쁘구나. 그 아이는 너한테 과분해."

6월 19일 월요일

동시에 소화기관도 알게 된다는 거지

"아무것도 안 본 거지?"

폴린이 플라스틱 상자를 재빨리 닫으며 말했다. 상자 안에는 갖가지 크기에 평평한 모양, 또는 달걀 모양의 약들이 들어 있었다. 저녁을 먹기 전, 그녀는 자기 접시 가장자리에 먹어야 할 약을 전부 올려놓았다. 그런 그녀의 모습은 마치 약 먹는 것을 잊을까 봐 두려워하는 노인 같았다.

폴린은 약을 한 알 한 알 입에 가져가 조금씩 물을 마셨다. 몸 상태가 많이 안 좋은 그녀이지만 다행히 점차 회복되고 있었다. 적어도 그녀는 몸이 나아지고 있다고 주장했다. 그런데 나는 그녀가 아프다는 게 그리 믿어지지 않았다. 우리 두 사람의 관계가 끈끈해지고 일상을 함께 나누는 사이가 되자마자 그녀의 병이 '불화의 사과' 처럼 끼어들었다. 매일 그녀는 정밀검사실이나 유사요법 의사, 침술가, 정골의사 또는 동료 정신과 의사에게 달려갔다. 분명 그녀는 자신이 큰 병에 걸렸다고 생각하는 듯했다. 그녀가 자신이 큰 병을 앓고 있다고 이야기해주었을 때, 난 어깨를 으쓱거리며 가볍게 빈정거렸다. 사실, 그녀가 말한 병이라는 게 대중요법 의사들이 정해놓은 병명에 속하지도 않을뿐더러 민간요법으로만 얼마간 밝혀진 병명에 지나지 않아서였다.

안타까운 일이었다! 잠시 후 폴린은 여러 가지 말을 퍼부으면서 진단자료를 보여주었지만 나로서는 무슨 내용인지 이해가 되지 않았다.

'아마 폴린에 대한 내 애정이 부족해서겠지.'

나는 속으로 생각했다. '폴린은 정말로 아픈 것일 수도 있다. 그렇다면 병을 고치고 싶은 마음이 드는 게 당연하다. 아니면 그녀는 진짜 아픈 게 아니라 과장하는 것일 수도 있다. 그렇다면 그녀는 병적으로 자기 몸을 챙기는 것이니 정상은 아니라고 볼 수 있었다. 그렇다면 난 그녀를 비웃기보다는 안심시켜야 하는 게 맞지 않는가.' 이처럼 난 폴린을 이해하려고 노력하면서도 머릿속으로는 이런저런 생각을 하고 있었다. 하지만 올리브유로 마사지를 하고 온갖 차를 마시며 효모 연질 캡슐과 로열젤리를 먹는 그녀를 볼 때마다 내가 할 수 있는 일은 아무것도 없었다. 난 그저 입을 비죽거리며 빈정거릴 뿐이었다. 마음속으로 난 오랫동안 품고 있었던 강력한 마음과 손을 잡고 있었다. 그 마음은 바로 '여성 혐오'.

바로 이때 타이밍을 맞춘 것처럼 레스토랑 종업원이 우리 탁자 앞에 나타났다. 종업원은 프랑스의 오베르뉴 지방에서 만든 검은색 넓은 앞치마를 허리에 두르고 있었다.

"메뉴 고르셨습니까?"

폴린은 아직 메뉴를 고르지 못해 우왕좌왕하고 있었다. 그녀에게는 음식 메뉴를 고르는 일이 여간 고역이 아니었다. 건강 다음으로 아주 예민하게 신경 쓰는 문제였으니까. 그녀에게는 뭘 먹을지 정하는 일만큼 어려운 것도 없었다. 자신이 먹은 음식으로 변할지도 모른다고 두려워하는 듯했다. 즉, 배를 먹으면 자신이 배로 변하고 비프스테이크를 먹으면 자신이 육즙이 뚝뚝 떨어지는 고기로 변한다고 생각하는 것 같았다. 그렇게 따진다면 얼마나 악몽 같은 일인가?

"부추 들어간 파이 있나요?"

"아뇨, 마지막 파이는 10분 전에 떨어졌습니다."

"아……, 알겠어요. 그러면 버터소스로 재운 대구요리는요?"

"이번 주에는 그 메뉴가 없습니다. 대구가 언제 들어오느냐에 따라 정해지거든요."

"그렇다면 …… 소스에 재운 쇠고기 요리는 있나요?"

"예."

"어떤 소스에 고기를 재우는지 알려주시겠어요?"

"예?"

종업원은 볼펜으로 귀 뒤를 긁으면서 물었다.

"그러니까 올리브유가 들어가나요, 안 들어가나요? 정확히 어떤 채소를 재료로 사용하나요? 장과열매를 사용하나요, 아니면 후추를 사용하나요?"

"어……, 그건 주방장에게 물어봐야 합니다."

종업원은 한숨을 '푹' 쉬었다. 이 불쌍한 종업원은 그저 주문을 받아 적고 싶을 뿐이었다. 나는 이 짜증나는 어색한 순간을 해결하려고 서둘렀다.

폴린과 잠자리를 한 후 첫날 저녁이었다. 이날 난 그녀와 복잡한 이야기를 하며 똑똑한 체하고 있었다.

"함께 살던 그녀와 헤어졌을 때, 여러 여자들과 연애할 수 있다는 생각에, 다른 여자들과 섹스 할 수 있다는 생각에 기뻤어. 하지만 여러 여자들과 연애를 하면서 딱 한 가지 거슬리는 게 있었어. 바로 그 여자들의 소화기관도 알게 된다는 거지."

폴린은 눈살을 찌푸리며 '소화기관도 알게 된다.'는 게 무슨 말이냐고 물었다.

"간단해. 여자들은 전부 내숭을 떨며 음식도 깨작깨작 먹잖아. 그런데 여자들은 대부분 변비를 앓고 있어. 설사를 하는 여자들도 있고……."

난 내가 하는 말이 예민한 소재라는 사실에 대해서는 생각하지 않고 계속 말을 이었다. 음식 앞에서 내숭 떠는 전문가인 폴린은 날 흘겨보며 이렇게 반박했다.

"자신이 왜 그렇게 소화기관에 문제가 있는 여자들만 알게 되는지 스스로 생각해보는 게 옳아."

이제 폴린은 얼굴을 찌푸리고 있었다. 남성 두 명 대 여성 한 명. 아양을 떨 준비가 되어 있는 남성 두 명, 나와 종업원. 창백한 폴린은 뾰로통한 표정을 지으며 메뉴를 열심히 봤다. 그래, 메뉴에는 그녀의 마음에 딱 드는 것이 없었다. 하지만 종업원과 나는 그녀의 말을 기다렸다. 그녀는 잠시 침묵을 지키더니 마침내 마음을 누그러뜨리고 메뉴를 골랐다.

"알았어요, 좋아요. 그만 괴롭혀드리죠. 소스로 재운 쇠고기 요리로 할게요."

'완두콩 공주'. 어느 날 저녁, 폴린은 잠들기 전에 침대 매트리스의 커버가 제대로 되어 있지 않다며 툴툴대더니 삐쳤다. 난 그런 그녀를 '완두콩 공주'로 취급했다. 이어서 그녀는 깔깔거리며 웃음을 터뜨렸다.

"왜 날 완두콩 공주라고 부르는데?"

폴린을 보면 저절로 나오는 표현이었다.

"말도 안 돼, 내 첫 번째 남자 친구는 영국 사람이었어. 내가 말해준 적 있지? (실제로 폴린은 그 영국 남자에 대해 이야기를 해준 적이 있다. 열여덟 살 때 열렬하게 좋아한 남자였는데 엄청난 바람둥이라 무척 속을 썩었다고 한다.) 그 영국인 남자가 내 별명을 완두콩 공주라고 지어 불렀거든."

영국인 남자 친구 이야기를 하는 폴린의 목소리에는 기쁨이 느껴졌다.

폴린은 거리낌 없이 변덕을 부렸다. 변덕을 부리는 건 버릇없는 아이나 하는 짓이고 고쳐야 할 나쁜 버릇이지만, 그녀는 오히려 깜찍한 행동, 나아가 애교로 생각하고 있었다. 그녀는 잠자리나 음식에 대해 까탈을 부릴수록 자신이 매력적이라고 생각했다. 그래서 그런지 아침마다 그녀는 시중에서 파는 차를 마시지 않고 오로지 마리아주 홍차 전문점에서 구입한 차만 마셨으며, 비스킷은 방부제 덩어리라며 먹지 않았다. 성분 표시만 봐도 비스킷에 얼마나 방부제가 많이 들어 있는지 알 수 있다고 했다. 흰 빵은 밀가루를 너무 정제해서 소화가 잘 안 된다며 먹지 않았다. 그러더니 갑자기 폴린은 우리 집으로 와서 자겠다며 자신이 직접 구입한 차와 검은 빵을 가져왔다. 어느 날 아침, 그녀는 우리 집에 버터가 없고 말라빠진 파이는 못 먹겠다며 아침을 먹지 않겠다고 했다.

완두콩 공주. 폴린을 편하게 해주려면 이것저것 신경 쓰며 챙겨야 할 게 많았다.

"난 아주 버릇없이 자랐거든."

폴린이 설명이랍시고 말했다. 부유한 중산층 가정에서 자란 그녀는 바르비종 근처의 저택에서 하인들에게 둘러싸인 채 온실 속의 화초처럼 자랐다. 그녀가 어릴 때 살았던 성城은 아주 넓은 목장 한가운데 위치했다. 집안에서 기르는 꿀벌 통에서 꿀을 얻고, 염소와 암소의 젖으로 만든 유제품을 먹고, 과수원에서 과일을 따고, 채소밭에서 채소를 거둬서 먹었다고 한다. 그리고 소작인들은 매일 그녀의 집으로 푸른 채소와 먹을거리를 가져왔다고 한다! 온실 같은 이곳 성을 떠난 후 그녀는 한 가지 사실을 확실히 알게 되었다고 한다. 이 세상에는 먹을 만한 게 전혀 없다는 것이었다. 폴린은 못 말리는 공주였다. 그녀가 유일하게 내숭 떨지 않는 부분은 섹스였다.

도대체 어떻게 폴린은 섹스에 그렇게 타고난 능력을 갖게 되었을까? 바르비종에서 그녀는 아주 어렸을 때부터 섹스 기술을 터득했다고 한다. 우선, 그녀는 다섯 살에서 열두 살 때까지 삼촌 덕에 성性에 눈을 뜨게 되었다고 한다. 삼촌이 계속해서 그녀의 성기를 손으로 만져주며 성을 알게 해준 거였다. 그 다음에는 성城에 자유롭게 들락거렸던 계모의 애인들이 그녀를 구석으로 데려가 건드리거나 강간을 했는데, 놀랍게도 계모의 동의하에 이루어졌다고 한다. 그녀는 계모, 계모의 애인들과 목욕도 같이 했다고 한다.

"강간당한 여자들에 대해 사람들이 말하지 않는 게 하나 있어."

정말이지 성에 대해 프로인 폴린이 설명해주었다.

"강간당한 여자들은 다른 여자들보다 섹시하고 성적으로 오르가슴도 더 잘 느껴. 보복심도 있고 말이야."

어느 날 저녁, 폴린이 이렇게 자신의 어린 시절에 대해 들려주었고, 나는 물었다.

"당신이 거짓말을 하는 건 아닌지 잘 모르겠어? 당신의 과거가 남들과는 아주 달라서 말이야. 당신이나 당신이 겪은 경험에 대해 듣고 있으면 당신이 평범한 사람 같지가 않아."

그러자 그녀는 당황하는 기색 없이 스웨터 소매를 걷어붙였다.

"하지만 난 평범하지 않은 경험을 했는걸."

그녀는 팔을 돌려 보들보들한 팔 안쪽을 보여주었다.

"모두 이런 일을 할 수 있을 거란 생각은 못 하겠지?"

난 눈을 크게 뜨고 바라보았다. 폴린의 팔 안쪽 살에는 문신 같은 글자가 새겨져 있었다.

"부적이야. ISS라고 적혀 있지. 나도 이 글자가 무슨 뜻인지는 몰라."

폴린은 이 부적에 얽힌 기묘한 이야기를 들려주었다. 어렸을 때, 그러니까 여섯 살쯤에 그녀는 동갑인 사촌과 함께 한밤중에 어떤 이의 손에 이끌려 어느 묘지로 가게 되었다고 한다. 그 자리에 어머니는 있었지만 아버지는 없었다고 한다. 그리고 키가 아주 크고 눈 주위가 노란색에 반백의 수염을 기른 한 아프리카 남자가 샤머니즘 의식 같은 것을 하는 가운데 촛불 여러 개가 타고 있었다고 한다. 그 흑인 남자는 주문을 외웠고, 그녀와 사촌은 옷을 벗고 바닥에 누우라는 지시를 받았다고 한다. 그러자 어머니가 그녀와 사촌의 팔을 위로 올려 꽉 잡아주었고, 흑인 남자는 단도로 폴린과 사촌의 팔 안쪽 살에 부적을 새겨주었다고 한다.

부적에 관한 이야기를 하는 폴린은 진지했다. 그녀는 전혀 빈정거리지 않고, 마치 그때 그 장소에 있는 것처럼 생생하게 당시의 일을 이야기했다. 정말로 그녀는 날 놀라게 해 재미를 느끼고 자신이 살아온 삶이 얼마나 남다른지 보여주고 싶어 안달이 난 것 같았다. 그러면 난? 마법에 걸린 공주 같은 그녀 앞에 앉은 나는 땅에 신발을 딱 붙이고 서 있는 농부처럼 의심스러운 눈초리를 했다.

"알렉상드르, 얼마 전부터 당신, 까칠해진 것 같아……."
폴린이 소스에 절인 쇠고기 스테이크를 썰며 말했다.
이렇게 쓴소리를 하는 그녀 앞에서 내가 할 수 있는 행동은 두 가지였다. 하나는 절대 그런 일이 없다며 가슴에 손을 얹고 맹세하는 거고, 또 하나는 그냥 모르쇠로 일관하는 거였다. 난 두 번째 방법을 선택했다.
"음……, 무슨 소리를 하는 거야?"
"태도, 당신이 말하거나 더 이상 말하지 않는 것. 그리고 그거 알아? 당신, 나한테 절대로 칭찬 안 한다는 거?"
"아니."
"평소에 그래. 남자들은 거의 그래. 내가 헌신적으로 대할수록 당신은 오히려 날 존중하지 않아. 당신에게 난 그저 물건, 성욕을 만족시켜주는 액세서리에 지나지 않아. 그리고 사랑을 나눌 때 당신, 이상한 행동을 한단 말이야."

"어떤 행동?"

"사소한 거야. 내 항문 속에 손가락들을 집어넣은 다음 그 손가락들을 다시 내 입에 당연한 듯이 넣는다고. 정말 더러워. 날 더럽히고 싶어하나 봐. 그런 거 아냐? 요즘 당신이 날 더럽히고 싶어하는 것 같아."

"망상이 심하군. 난 여자의 몸에 있는 구멍이란 구멍은 전부 사용해야지 정말로 섹스를 완벽하게 한 것 같단 말이야. 여자의 입 안, 질 구멍, 항문 속에 들어가야만 진짜 섹스다운 섹스를 한 것 같은 기분이 들어. 그렇게 하면 완벽하게 육체와 육체가 결합한 것 같거든. 여자의 몸에 난 구멍을 전부 활용해 섹스를 하는 방법은 여러 가지야. 우선 가장 흔한 방법이 본격적인 섹스 전에 오럴 섹스를 하고 섹스를 한 다음 마지막에 항문 섹스를 하는 거지. 좀 비위생적이긴 해도 쾌락을 못지않게 누릴 수 있는 다른 방법들도 있어."

"당신 말이 맞아."

폴린이 오랫동안 생각을 한 후 대답했다.

"나도 육체의 모든 것을 동원하면 강력한 섹스를 한 것 같은 기분이 들어. 하지만 난 관찰을 하지. 관찰 결과 당신은 자신의 쾌락을 위해서는 여자를 깎아내리고 싶어해. 분명 그래."

"왜 내가 그러겠어?"

"아, 그 이유야 간단하지. 두려워서 그래. 당신에게 여자는 위협적이고 위험하고 도저히 꺾을 수 없는 존재인 거야. …… 그 외의 이야기를 더 하려면 먼저 당신에 대해 좀 더 알아야겠지."

난 자동적으로 어머니와 연상이 되는 생각을 했다. 어쩌면 난 마음속으로 어머니, 그리고 어머니와 허물없는 사이가 되면 어머니가 내게 미칠 수 있는 심리적인 영향을 두려워하는 건 아닐까?

어쨌든 어머니와 지난번에 마지막으로 만난 이후 화해할 희망은 더욱 물 건너가 버렸다.

"내가 어떻게 하면 좋겠어?"

"어떤 의미로 말하는 거야?"

"내가 다정하지 않고, 욕구를 느끼는 여자를 존중하지 않는다고 했잖아. 그렇다면 이런 태도를 고치려면 어떻게 해야 하냐고?"

"진단을 내리기에는 내가 당신에 대해 아는 게 많지 않아. 하지만 내가 느끼기에 섹스를 할 때 당신은 아주 조용해. 소리를 많이 내지 않더라고. 언제나 감정을 억누르고 싶어하는 것 같아. 나름대로 자제하는 성격이야, 알렉상드르. 사랑을 나눌 때 당신은 신음 소리를 내지 않아. 아무리 힘든 순간에도 당신이 우는 모습을 한 번도 보지 못했어."

"그건 그래. 몇 년 동안 울지 않았으니까."

"알고 있었어? 정말 심각한데. 감정은 표현하고 밖으로 내뿜어야 해. 그렇지 않으면 몸에 병이 난단 말이야. 나 같은 경우는 Y와 헤어졌을 때 너무나 실망한 나머지 매일 15분 동안 펑펑 울었어. 그렇게 실컷 울고 나면 그날 하루는 기분이 나아지고 상쾌해져. 그런데 당신은 감정이 막힌 사람처럼 괴로워할 줄도, 기뻐할 줄도 모르는 것 같아."

"안타깝지만 맞는 소리야. 가끔 나도 그렇게 생각하니까. 하지만 단순한 결심만으로는 지금까지 살아온 태도를 바꿀 수 없어."

"정신과 의사한테 상담을 받아보겠다는 생각은 해봤고?"

6월 20일 화요일
단지 육체만의 문제가 아니다

사무실로 가기 전에 카페테라스에 앉은 나는 힘을 모았다. 잠을 충분히 자지 못한 아침이었다. 앞으로 열두 시간을 일해야 하는데 어떻게 버틸지 막막했다. 컴퓨터 화면에서 나오는 빛 때문에 눈이 따가울 것이고, 오래 앉아 있다 보면 등이 아플 게 분명하며, 뒤죽박죽 적힌 문장과 회색 포석 같은 모양의 책으로 변하게 될 원고들을 생각하면 괴로웠다.

가방에서 종이 한 장과 볼펜을 꺼냈다. 녹음테이프의 내용을 받아 적고 싶었다. 도저히 모르겠다. 폴린과 대화한 내용을 녹음한 테이프가 도움이 될 것 같았다. 녹음된 내용을 들어보자.

"아무거나 말해봐. 자, 말해봐. 생각나는 대로 말해보라고."

"당신을 안고 싶어, 당신을 황홀하게 하고 싶어."

"날 황홀하게 해봐."

"나한테 성기가 두 개 있다면 좋겠어. 그러면 하나를 당신의 항문 속에 넣을 수 있겠지?"

"좋지."

"좋아?"

"당신의 성기가 좋아. 길고 굵고 강해서 내 몸속에 깊이 들어오거든."

"정말로 좋아?"

"전부 좋아. 날 깨물어줘, 그래 깨물어줘. 더 세게."

"아프지 않아?"

"아프면 말할게."

"아직도 안 아파?"

"아야, 너무 세게 깨물었잖아."

"그만할게."

"아냐, 다시 깨물어줘. 그만하지 마. 좋아, 그래 좋아, 기분이 좋아."

"나와 잠자리를 하면 당신은 젊어지는군. 열 살은 더 어려 보이는데. 주름살도 더 이상 안 보이고 살도 탄력이 있고 장미처럼 발그레하지. 아름다워. 당신은 내 거야. 당신의 뼈를 으스러뜨리고 싶어."

"좋아."

"이렇게 몇 시간이고 당신과 사랑을 나눌 수 있을 것 같아. 당신이 더 이상 견디지 못할 때까지. 당신이 제발 그만해달라고 애원할 때까지. 당신의 몸에서 더 이상 애액이 나오지 않아 계속할 수 없을 때까지. 당신이 절정을 느낄 때까지. 당신이 아플 때까지."

"설마."

"당신의 살결은 따뜻하고 풍만해. 단단하고 탄력 있어."

"싫어, 내 몸을 조르지 마. 그건 정말 싫어. 난 누가 내 몸을 조르면 참을 수가 없어."

"이런, 안타깝군. 당신이 숨을 못 쉬게 하고 싶은데."

"하지만 내 목에 키스해주는 건 좋아. 그건 좋아. 키스해줘……."

지금 21세기에 왜 우리 인간은 섹스를 중요하게 생각할까? 왜 키스를 통해서 만족하고 자아를 찾으려고 할까? 왜 자신을 계발하는데 섹스가 꼭 필요하다고 생각할까? 19세기 또는 구시대의 사람들은 섹스에 이렇게 관심을 갖지 않았는데. 세계의 미스터리는 거의 다 풀렸지만 섹스는 여전히 풀리지 않는 최후의 미스터리였다. 우리 인간은 섹스의 미스터리가 풀리기를 기다리고 있었다. 마치 예전에 우리 선조들이 신에게 영혼에 대해 알려달라고 한 것처럼 말이다.

인간은 모두 섹스 문제에 대해 늘 질문을 한다. 질문이 어찌나 많은지 섹스 부분에서는 해결된 게 거의 없어 보인다. 우리 모두 똑같이 곤경에 처해 있었다. 더구나 《성욕에 관한 세 편의 에세이》에 나타난 프로이트의 접근법은 절반 정도만 그럴듯했다. 뭔가를 연구하는 대부분의 사상가들처럼 프로이트도 섹스를 왜곡된 욕망, 변태적인 욕구에서 출발했다. 프로이트는 사디즘, 마조히즘, 페티시즘이 진정으로 무엇인지에 대해 의문을 품었다. 그동안 섹스는 계속해서 분석할 수 없는 대상이 되어 그냥 우리 인간의 일상으로 파고들었다. 커플은 일상에서 단조로운 이성애를 한다. 섹스가 정말로 무엇인지, 섹스가 어떤 마조히즘으로 이루어지는지, 섹스가 절정에 달하는 시점과 섹스에 대한 욕구가 가장 낮은 시점이 언제인지 이해하려면 앞으로 연구해야 할 게 많을 것 같았다. 일상에서 하는 섹스를 정신병리학적인 이론으로 적어야 했다.

할 일이 많았다. 하지만 안심하길 바란다. 이 짧은 책에서 섹스에 대한 연구를 본격적으로 하지는 않을 테니까. 가뜩이나 요즘 내 생활도 정신이 없었다. 그래서 그냥 이렇게 평가를 내리는 선에서 마무리를 하겠다. 우리 인간이 섹스를 할 때 바치는 애정을 지칭하는 개념, 단어가 부족하다. 여기서는 단지 육체만의 문제가 아니다. 성이 단순히 육체적인 문제라면 강간을 당한 피해 여성들이 왜 그렇게 철저히 망가지는지 설명할 수가 없다. 강간을 당해도 몸에 뚜렷한 흔적이 남는 건 아니다. 하지만 강간을 당한 여성들은 너무나 큰 고통을 받지 않는가? 그러므로 성은 단순히 육체적인 문제가 아니었다. 심지어 갓난아기도 강간을 당하면 심리적으로 충격을 받는다. 그렇다고 성을 단순히 정신이나 의식 또는 무의식 문제로 볼 수도 없는 노릇이다. 성은 피부를 서로 비비고, 페로몬 호르몬과 타액을 서로 나누며, 함께 땀을 흘리고 육체가 서로 부딪치는 행위이기 때문이다. 따라서 육체적인 것도 아니고 심리적인 것도 아닌 본성의 문제다. 인간의 다양한 면의 고리가 되어주는 본성 말이다. 난 성관계를 맺을 수 있는 인간을 가리켜 '리비도의 자아'라고 부를 생각이다.

계몽시대의 철학자들은 인간이란 이성이 있는 존재라고 했다. 하지만 현대의 인간은 리비도의 자아가 있는 존재라고 볼 수 있다. 만일 리비도의 자아가 위협 또는 공격을 받거나 단순히 어긋난다면 인간은 불안해할 것이며, 살아가면서 다른 사람과 관계를 맺을 때마다 불편해할 게 뻔하다. 여러분의 리비도의 자아는 괜찮은가? 행운의 여신이 여러분에게 미소를 지을 것이다. 리비도의 자아야말로 인간을 나누는 새로운 기준이 되고 있다. 물론 리비도의 자아가 매번 똑같은 역할을 한다고 생각하면 오산이다. 리비도의 자아를 무시하던 시대도 있었고, 지금처럼 찬미하던 시대도 있었다. 아무리 리비도의 자아가 대단한 게 아니라 역사와 관련된 것이라 해도 그것을 생각하지 않을 수가 없다. 신의 시대인 중세시대에 무신론자가 되기 힘들었던 것과 같은 논리다. 중세에는 오로지 종교라는 프리즘을 통해서만 세상을 볼 수 있다고 생각했으며 무신론자가 될 수 없었다. 마찬가지로 현대에 우리가 엄청 관심을 가지는 리비도의 자아라는 중요한 대상에서 벗어나

기란 그리 간단하지 않다. 리비도가 전혀 중요하지 않으며 그것에 대해서는 전혀 관심이 없다고 자신 있게 말할 수 있는 사람이 몇이나 있을까?

아직도 손톱 끝에서 폴린의 체취가 느껴졌다. 노루 또는 멧돼지 같은 커다란 짐승의 냄새와 비슷한 체취였다.
내가 강하다면 리비도의 자아에서 어떻게 벗어날 수 있는지 알려주었을지도 모른다. 정말이다. 그런 방법을 안다면, 독자 여러분도, 나도 똑같이 리비도의 자아에서 벗어날 수가 있다. 하지만 난 무기력하고 지상의 유혹에 약한 존재였다. 내가 현재의 질서를 바꿀 수는 없을 것 같았다.
여자와 처음으로 섹스를 했을 때의 느낌이 아직도 생생하게 기억이 난다. 그때 난 '대단한데, 나만을 위해 만들어진 세상 같아.' 하는 생각이 들었다.

6월 24일 토요일

난 태어나지 않았으면 좋았을걸

"아빠……, 난 어떻게 태어났어?"

"어, 넌 엄마 뱃속에서 나왔지."

"그건 알아. 그런데 내가 어떻게 엄마 뱃속에 들어가게 된 거야? 아빠와 엄마가 어떻게 해야 아기가 생겨?"

아이고……, 어려운 질문이었다. 부모라면 언젠가 아이에게 이런 질문을 받을 수 있으니 답변을 준비해야 할 것이다. 부모마다 아이에게 대답하는 방법은 천차만별이겠지만 말이다. 모호하게 돌려서 말하는 부모도 있고, 아이가 이해할 수 있는 언어로 과학적인 설명을 해주는 부모도 있다. 독자 여러분이 날 대책 없는 아버지로 여기며 깜짝 놀랄지도 모르지만, 솔직히 난 '아빠, 나는 어떻게 태어났어?' 같은 아이의 질문에 대비한 적이 없었다. 언젠가 쥘리앵이 세상이 어떻게 만들어졌냐는 질문을 할 거란 생각은 막연히 하고 있었지만, 그뿐이었다. 그런 질문은 아직 내게 멀게 느껴졌다. 그런데 다섯 살 반밖에 안 된 쥘리앵이 갑자기 자기가 어떻게 태어났냐는 질문을 한 것이다.

쥘리앵은 고사리처럼 작은 손으로 내 손을 꼭 잡았다. 마틸드와 헤어진 지 한 달이 되어갔지만 이번 주말에 처음으로 쥘리앵을 우리 집으로 데려왔다. 지금까지 마틸드와 나는 쥘리앵에게 거짓말을 해왔다. 요즘 아빠가 일이 너무 많아 사무실에서 잔다고 쥘리앵은 믿고 있었다. 일단 그렇게 대충 돌려서 말해놓았던 것이다. 이제 난 잠수함 같은 좁은 사무실을 나와 임시로 18구에 있는 집을 빌렸다. 마침 과테말라와 파타고니아 사이에 있는 어딘가로 구호 활동을 하러 가는 젊은 여성이 임시로 세놓은 아파트를 빌렸던 것이다. 그동안 쥘리앵이 우리 집에 자러 오는 게 싫었다. 쥘리앵에게 비참한 현실을 확인시켜줄까 봐, 순진한 쥘리앵의 눈앞에 끔찍한 현실을 보여주게 될까 봐 너무나 두려워서였다. 엄마와 아빠가 각자 다른 집에서 산다는 현실. 마틸드와 난 정식으로 결혼하지 않았지만, 왜 정식으로 결혼해 이혼한 부부들처럼 괴로울까? 이제 주말에는 아빠인 내가 쥘리앵을 돌봐주기로 했다. 그동안 마틸드는 다른 남자와 실컷 섹스를 하겠지. 야한 생각은 그만하자.

쥘리앵은 고사리처럼 작은 손으로 내 손을 꼭 잡았다. 그런 쥘리앵의 모습은 마치 상처 입은 새 같았다. 쥘리앵과 나는 아르 데 코 홀을 걸었다. 홀 여기저기에 노르망디 추시계며 조각상, 인조 대리석으로 된 벽난로, 재단사용 흉상, 흑인 가면, 토사물처럼 칙칙한 색의 가면들이 죽 늘어서 있었다. 토요일에 외출하는 게 아니었다. 난 포르트 드 클리냥쿠르(파리의 유명 벼룩시장)에서 가까운 거리에 살고 있었다. 그래서 잡다한 것을 파는 이 시장에 쥘리앵을 데리고 가면 신나할 거라고 생각했다. 쥘리앵이 재미있어할 거라고 믿었다. 하지만 성가신 장사꾼들과 말리 공화국에서 온 굶주린 사람들, 또 불량한 말투로 자판 뒤에서 싸구려 물건과 모조품을 사라고 큰 소리로 말하는 예의 없는 젊은이들에게 시달리기만 했다. 쥘리앵을 즐겁게 하는 거라곤 눈을 씻고 봐도 없었다. 거기다 40도 가까이 되는 찜통더위 때문에 괴로웠다. 6월 말경인 요즘은 정말 죽을 듯이 더웠다. 쥘리앵과 나는 사람들이 우글거리는 곳을 빠져나가 옆쪽에 있는 한산한 골동품 가게로 갔다. 그런데 한산하다 못해 지루해 죽을 정도였다. 차라리 홀이 더 나았다. 거기에는 그래도 그늘이 있으니까.

어제부터 쥘리앵은 놀랄 정도로 직설적이었다. 우리 집에 들어와서는 한숨을 푹 쉬며 이렇게 말했다.

"아, 아빠 때문에 괴로웠어."

울음이 나오려는 걸 간신히 참으며 말하는 것 같은 쥘리앵의 목소리에 난 왜 그러냐고 물었다.

"아빠가 너무 보고 싶었어."

저녁에 쥘리앵은 과일이 들어간 생크림 치즈를 다 먹어치웠다. 쥘리앵을 주려고 특별히 사놓은 거였다. 생크림 치즈를 먹고 나서 쥘리앵은 내게 니체 같은 소리를 했다.

"난 태어나지 않았으면 좋았을걸. 정말이야, 차라리 세상에 태어나지 않았으면 더 좋았을 것 같아."

쥘리앵을 만든 마틸드와 나의 사랑이 깨졌으니, 쥘리앵이 자신이 왜 태어났는지, 자신이 왜 세상에 있어야 하는지에 대해 생각해보는 게 당연했다. 진심으로 하는 말이지만, 쥘리앵에게 너무나 일찍 이렇게 인생의 쓴맛을 보여주지 않았어야 했다.

이제는 쥘리앵의 질문 '아빠와 엄마가 어떻게 해야 아기가 생겨?' 때문에 당황할 필요는 없었다. 2006년도인 현재 이런 질문을 받는다고 동화 같은 이야기를 하거나 대화 자체를 피하려는 태도는 케케묵은 것이었다. 나는 열심히 대답해주려고 애썼다. 내가 어설프게 대답하거나 횡설수설하면 쥘리앵은 몇 년 동안 마음속으로 이런저런 생각을 하며 혼란스러워할 게 뻔해서였다. 난 부모로서 책임감을 갖고 조심스럽게 설명했다.

"그러니까, 아빠가 엄마의 뱃속에 씨를 심는 거지. 그 다음에는 그 씨가 엄마의 뱃속에서 자라는 거야. 페론에서 등나무와 토마토가 자라는 거 봤지? 너도 정원에 작은 씨를 심었잖아……. 아빠도 마찬가지인 거지. 엄마의 몸속에 씨를 심는 거야……."

"아빠가 어떻게 해야 엄마의 몸속에 씨를 심을 수 있는데?"

"엄마를 아주아주 꼭 껴안아야지. 특별한 포옹이야. 그러면 씨가 그 순간에 엄마에게 전해져."

숨을 참았다. 쥘리앵이 더 이상 질문을 하지 않으니 나도 더 이상 자세한 이야기는 하고 싶지 않았다. 검은 고양이 지지와 마녀 키키(일본 애니메이션 감독 미야자키 하야오가 연출한 〈마녀 배달부 키키〉의 주인공)를 동원해가며 추상적으로 설명하고 싶지 않았다. 지지와 키키 이야기를 했다가 그들이 쥘리앵의 꿈속에 나와 악몽이 되면 어쩌겠는가?

"그런데 그 포옹이 뭐야?"

"남자와 여자가 서로 너무너무 사랑할 때만 하는 포옹이야."

더 이상 자세한 설명을 하고 싶지 않은 나는 더 고단수의 방법인 감정에 호소하기로 했다.

"엄마와 내가 널 갖기로 했을 때 우린 서로 많이 사랑했어. 그래서 네가 태어난 거야. 네가 세상에 나온 거지. 엄마와 난 너무나 사랑했으니까."

"나중에 나도 사랑에 빠질 때 그 포옹하는 법을 어떻게 배워야 해?"

"알게 될 거야. 누구나 다 알게 되어 있지."

이런, 아들아, 네 세대에는 그런 포옹을 하기도 전에 포르노 영화 수십 편을 먼저 섭렵하게 될 거다.

하지만 지금은 그런 생각을 할 때가 아니었다. 아무리 도덕심도 없고 타락한 사람이라 해도 부모가 되어 아이에게 교육을 시킬 입장이 되면 정상적이 되다니 재미있는 일이었다. 야누스의 두 얼굴. 평소에는 단세포 생물처럼 방탕하게 놀려고 하면서도 부모가 되면 예의를 따지게 된다. 이런……

우리 인간은 상황에 따라 여러 가지 가면을 쓰고 연기를 한다. 포르노의 시대만이 아니라 정신분열의 시대이기도 하다.

"그래도 설명해주면 안 돼?"

"그래, 궁금하다면……"

그 정도 설명이라면 나도 해주고 싶었다. 쥘리앵에게 아주 쉬운 말로 설명해주기로 했다.

"쥘리앵, 그 포옹에 대해 알아야 할 게 하나 있어……"

"뭔데?"

"그 포옹을 하면 아주 즐거워져. 마치 간지럼을 당하는 것처럼. 하지만 간지럼처럼 웃음이 나오는 게 아니라 행복해지지."

"말도 안 돼."

"아냐, 정말 그래."

쥘리앵을 보면 감탄스러운 게 있었다. 물론 그 나이 또래의 아이들이 할 수 있는 일이었다. 바로 이 얘기를 하다가 저 얘기로 자연스럽게 넘어가는 능력이었다. 아무 거리낌 없이 자연스럽게 이 얘기를 했다가 저 얘기를 할 수 있는 놀라운 능력. 쥘리앵 또래의 아이들은 일단 설명을 들으면 순간 만족해하며 그 설명을 기억해놓는다. 잠시 어른의 세계에 관심을 가졌던 쥘리앵은 눈 깜짝할 사이에 장난꾸러기 어린이로 다시 돌아왔다.

"그거 알아? 유치원에서 루이가 그랬는데, 루이의 아빠는 트림을 너무 세게 해서 집이 전부 흔들렸대."

"말도 안 돼."

"아냐, 정말이야. 루이 아빠는 힘이 정말 세대……."

7월 1일 토요일

검은색에 가까운 보라색

난 로제 와인 한 병을 손에 들고 노크를 했다.

이런 내 모습이 우습게 생각되었다.

그런데 노크를 해도 문을 열어주는 사람이 아무도 없었다. 귀를 쫑긋 세우고 집중하니 집 안에서 분명히 무슨 소리가 들렸다. 사람들 목소리와 음악 소리였다. 그냥 계단을 올라가 돌아갈까 하다가 다시 노크를 했다.

여름 원피스를 입은 맨발 차림의 젊은 여자가 문을 빼꼼히 열었다. 여자는 눈이 풀린 채 미소를 지었다. 이미 술을 꽤 마셨거나 마약을 한 것 같았다. 여자의 어깨 너머로 현대식의 널찍한 집 내부가 눈에 들어왔다. 유리벽이 있고 금속으로 된 창문틀, 할로

겐 조명에서 약하게 새나오는 불빛이 보였다. 음식은 뷔페식으로 준비되어 있었다. 커다란 책장 한가운데에는 평면 TV가 켜져 있었다. 그리고 책장에는 CD, DVD, 화분, 정리용 상자가 있었지만 책은 단 한 권도 안 보였다. 여기저기에 손님들이 손에 잔을 하나씩 들고 서 있었다. 눈에 보이는 장면을 가능한 재빨리 머릿속에 새겨 넣었다. 내가 어떤 세계에 발을 들이고 있는지 이해하기 위해서였다.

젊은 여자가 내게 먼저 물었다.

"안녕하세요? 그런데 누구시죠?"

"이웃에 사는 사람입니다. 공지를 보고 왔습니다. 그러니까……."

오늘 저녁에는 프랑스에서 가장 중요한 월드컵 경기가 열린다. 며칠 전에 내가 잠시 살고 있는 이 건물의 1층에 작은 공고가 붙었다.

'토요일에 축구를 보며 파티를 열 예정입니다. 같이 떠들어요. 건배하며 재미있게 즐깁시다! 언제든 오세요. 하지만 여름에 오세요…….'

잠깐, 여기서 독자 여러분에게 말할 것이 있다. 사실, 내가 이런 파티에 온 것은 요즘 머리가 복잡하고 혼란스러워서였다. 그렇지 않았다면 이런 곳에는 관심조차 갖지 않았을 것이다. 그리고 난 축구보다는 크리켓이나 바스크 펠로타(바스크 지방에서 하는 공놀이)에 더 관심이 많았다. 평소에 난 사람들이 많이 모이는 곳,

사람들과 허물없이 친해지는 자유로운 부르주아의 모습을 보면 두드러기가 돋는 것 같았다. 현대인들이 가식적으로 친절하고 친한 척하는 모습이야말로 서구의 퇴폐 풍조에서 온 것이 아니던가……. '언제든 오세요. 하지만 여름에 오세요.' 같은 짧은 문구가 그랬다. 평소 같으면, 그러니까 마틸드와 함께 살던 때라면 그냥 별 관심을 갖지 않고 넘어갔을 문구였다.

"누구든 전부 초대하다니 정말 대단하다고 생각했습니다. 집에 텔레비전이 없어서 여기서 축구 경기나 볼까 하고요. 폐가 안 된다면……."

난 더 이상 무슨 말을 해야 할지 몰라 들고 있던 로제 와인 병을 여자에게 내밀었다. 여자는 와인 병을 받았다. 하지만 여자는 마치 날 찌질이처럼 생각하는 듯 신통치 않은 표정을 지으며 입을 삐죽거렸다. 이어서 여자는 고개를 돌리더니 누군가를 불렀다.

"에릭!"

"왜, 무슨 일인데……."

"이웃에 사는 남자 분이래."

"잠깐만, 갈게."

반백 수염의 남자가 모습을 드러냈다. 남자는 흰색 와이셔츠를 풀어헤친 채 진회색의 바지를 입고 있었다. 남자는 나이트클럽에 서 있는 문지기처럼 재빨리 날 훑어봤다.

"그러니까, 이 건물에 사시는 건가요?"

"예, 4층에 삽니다."

"새로 이사 오신 건가요?"

"구호 활동을 떠난 쥘리아 라퐁 씨의 집에 잠시 살고 있습니다."

"그렇군요. 어쨌든 진짜로 여기까지 내려오시다니 대단하군요. 여기에 오는 입주자가 있을 거라고 생각하셨나 보죠?"

"모르겠습니다……."

"여기 모인 사람들이 귀찮게 굴지도 모르겠습니다. 여기에는 고약한 분위기가 흐르거든요. 자, 잔 받으시고 즐거운 저녁 시간 보내십시오."

남자가 내 얼굴에 술 냄새가 나는 입김을 내뿜으며 말했다.

누군가 휘파람을 불었다.

"어이, 경기 시작이야."

사람들은 아무 데나 닥치는 대로 앉았다. 난 접이의자에 앉아 국가國歌를 들었다. 카메라는 언제나 그렇듯 축구 선수들의 얼굴을 한 명씩 비추었다. 챔피언들은 고집스러워 보이지는 않았다. 그래, 고집스러운 표정은 아니었다. 승리를 강하게 열망하는 표정, 별 볼일 없어 보이는 상대편을 어서 빨리 짓밟아주고 싶어 안달하는 표정이었다.

그런데 이보다 더 재미있는 것이 있었으니, 내가 있는 이곳의 풍경이었다. 모인 사람들은 축구에 그리 관심은 없는 듯했다. 의자에 앉아 발을 구르며 텔레비전 화면에서 눈을 떼지 않는 두세 명을 제외하면 나머지는 그냥 경기를 보는 둥 마는 둥 했다. 전반

전이 시작되고 5분이 지나자 사람들은 다시 대화를 나눴다. 장난스런 농담이 여기저기서 들렸다. 사람들은 뷔페 쪽으로 갔다. 월드컵 경기는 모이기 위한 구실에 지나지 않았던 것이다. 사람들은 와인 병을 주고받았다. 얼마 안 되는 진정한 축구 팬 가운데 한 명이 가끔 투덜거리며 열을 냈다.

"조용히 좀 해. 입 좀 다물라고. 제길……."

그러면 마치 시끌시끌한 교실에 있는 아이들처럼 사람들은 잠시 입을 다물었다.

중간 휴식 시간.

난 잔을 들고 혼자 떨어져 있었다. 통통한 갈색 머리 여자가 내게 다가와 건배를 했다. 여자는 딱 달라붙는 원피스를 입고 있었다. 귀여운 타입의 젊은 여자는 층층으로 자른 머리카락이 까마귀의 깃털처럼 어깨까지 내려와 있었다.

"난 섹스가 너무 좋아요."

여자가 대뜸 입을 열었다. 이어서 여자는 이렇게 말했다.

"켄자예요. 이름이 뭐죠?"

"알렉상드르."

"난 섹스가 너무 좋아요. 하지만 섹스를 하고 나면 언제나 문제가 생기죠. 어떻게 생각해요?"

"사실, 그 부분에 대해서는 나도 기독교인처럼 점잖아 본 적이 없군요."

"아, 그래요?"

내 모습을 보라. 다리를 꼬고 서서 와인 잔을 들고 있는 난 멍청해 보였다. 내가 내뱉은 '기독교인'이란 단어는 유감스럽게도 현학적으로 들렸다. 전혀 종교적이지 않은 사람을 앞에 두고 똑똑한 체하려는 사람이 있다면 그 사람이 더 멍청해 보이는 법이다.

"요즘 내 가슴이 너무너무 커지고 있어요. 정말이에요. 가슴이 터질 것처럼 커요."

켄자가 말했다.

켄자는 원피스의 네크라인을 아래로 잡아당겼다. 켄자의 가슴은 모래색으로 묵직한 게 아름다웠다. 유두는 검은색에 가까운 보라색이었다.

"이렇게 가슴이 포탄처럼 커진 적이 없어요. 임신을 했으니 당연하지만요. 임신 2개월 반이에요……."

"애 아빠 되는 분은 여기에 있나요?"

여자에게서 얼른 떨어지고 싶어 내가 물었다.

"체……, 애 아빠 되는 그 작자는 신경도 안 써요. 내가 임신한 것도 모르니까요."

이상했다. 3분 전에는 켄자의 모습이 아름다운 지중해 식물 같다고 생각했지만, 지금은 포탄을 맞은 크로아티아의 도시 '듀브로브니크'로 보였다. 켄자도 아까 '포탄'이란 단어를 말했지. 켄자는 아직 너무나 어렸지만 이미 망가져 있었다.

오늘 아침부터 내 머릿속에서 떠나지 않는 장면이 있었다. 폴린이 우리 집에서 자고 갔는데, 언제나처럼 샤워실에서 그녀는 음모의 털을 깎았다. 그녀는 반으로 갈라져 있는 성기를 따라 가늘게 죽 나 있는 가는 털을 제외하곤 전부 밀었다. 젊은 시절 유산을 했을 때부터 이렇게 털을 밀었다고 한다(폴린 역시 망가진 여자였다). 또한 성기가 모든 느낌을 다 받는 부분이기 때문에 이렇게 털을 민다고 했다. 털을 민 성기는 감각을 훨씬 더 잘 받아들인다고 그녀는 말했다. 그런데 오늘 아침 샤워실에서 그녀의 행동이 어색했다. 면도날이 둔해 세게 밀어서 그랬는지 몰라도 그녀는 면도칼에 베이고 말았다. 5초마다 상처에서 피가 흘렀다. 그녀는 손수건으로 열심히 닦았지만 피는 계속 나왔다. 그 장면을 보며 얼마나 혐오스러웠는지 모른다. 내가 정신분석 학자였다면 이 장면을 보고 참 해석하기 쉬웠을 것 같다. 그녀가 면도칼에 벤 모습을 보면서 두렵고 찜찜했다. 거세 콤플렉스를 상징하는 것 같아서였다. 아마도 …… 정신분석학적인 해석은 그 자체로 가치가 있었다. 매력적인 건 상처가 주는 인상이었다. 지금 내 앞에는 북유럽 타입의 금발머리에 엉덩이가 건장하지만 상처 입고 피를 흘리던 작은 존재, 폴린은 없었다.

대신 지금은 켄자의 함박웃음이 내게 상처로 다가왔다.

난 화상을 심하게 입은 사람이었다.

독자 여러분은 날 믿지 못할지도 모르겠다. 정확히 이 순간, 상처 입은 이웃들이 사는 집에서 열린 이 저녁 파티에서 난 '마틸드'의 모습을 떠올렸다. 그녀의 모습이 계시처럼 내게 나타났다.

그래, 내가 사랑하고 있는 여자는 마틸드였다. 그녀 외에 다른 여자는 없었다. 이런 내가 폴린과 구 유고슬라비아로 휴가를 떠날 수 있겠는가? 폴린과 난 이미 휴가를 가려고 표도 예약해둔 상태였지만. 보름 동안 스물네 시간 내내 폴린과 함께 있고 싶은 건가? 그녀와 시험적으로라도 함께 살고 싶은가? 이 두 가지 질문에 난 주저 없이 '아니.' 라고 대답할 것이다. 마틸드, 내가 사랑하는 사람은 당신이야. 당신에게 시간을 충분히 할애하지도, 애정과 관심을 충분히 주지도 않았어. 올해 들어 내가 당신에게 '사랑해.' 란 말을 몇 번이나 했을까? 손꼽아 셀 수 있을 정도로 적을 것이다.

여전히 난 켄자 앞에 서 있었지만, 잠시 내 육체 안에서 시들했던 마틸드에 대한 사랑이 나를 감쌌다. 이 강렬한 느낌을 누리지 않았다. 이 느낌을 부정하지도 않았다. 마틸드에 대한 미칠 것 같은 사랑의 감정에 내 몸을 맡겼다. '사랑을 느끼다.' 몇 달 만에 처음 느끼는 감정이었다.

"저기, 켄자. 당신은 멋진 여자입니다. 하지만 내가 보기에는 너무 파괴적인 것 같군요. 요즘은 삶이 복잡해서 그냥 편해지고 싶습니다. 죄송합니다만, 전화를 하러 가야겠군요."

텔레비전에서는 축구 경기가 다시 시작되었지만, 난 서둘러 그 집에서 나왔다. 나도 해야 할 경기가 있었다.

복도로 나오니 찔 듯이 더웠다. 지린내가 심하게 났다. 아름다운 여름 저녁, 여러 집들이 창문을 열어놓았다. 열린 창문을 통해 텔레비전 방송 소리가 여기저기서 들렸다. 가까이에 있는 가로등에는 모기떼가 춤을 추듯 날아다니고 있었다. 여기 아파트에서 유일한 생물이었다. 위로 보이는 하늘은 노란색이었다. 난 사랑에 빠졌다. 정말 환상적인 일이었다.

난 마틸드의 전화번호를 눌렀다. 지금 이 순간 중요한 건 수화기에 대고 그녀에게 '사랑해.'라고 말하고, 내가 얼마나 그녀를 사랑하고 있는지 진심을 전하는 일이었다. 그동안 서로 다른 상대들이 방해를 했고 우리도 툭탁거리며 지내긴 했지만……. 사랑해, 사랑해. 너무나도 달콤하고 쉽게 나오는 말인데, 왜 오랫동안 내 마음속에 콕 박혀서 나오지 않았을까? 전화벨이 두 번, 세 번, 네 번, 다섯 번 울렸다. 응답기 소리가 났다. 그녀는 집에 없었다.

그녀는 집에 없었다.

7월 2일 일요일
그 몇 년 동안 당신은 어디 있었던 거야?

알렉상드르, 네가 할 일은 마틸드의 마음을 다시 돌리는 거야. 무슨 방법을 써서라도 그녀를 설득하는 거야. 울먹이면서 그동안 잘못했다고 죄를 말하는 것도 괜찮겠지. 과장해서 고백하는 것도 괜찮고. 부드럽게 돌려 말하는 방법도 있어. 논리적으로 탁상공론 같은 이야기를 해봐야 역효과를 낼 뿐이야. 할 수 있다면 시를 읊어봐. 오늘 오후에 알렉상드르, 마틸드의 마음을 돌리겠다는 너의 의지는 독수리처럼 몇 미터 위로 날고 있어. 덤벼들어. 미끄러지듯 자전거 전용도로를 급히 내려가는 거야. 리본처럼 길고 비탈진 길을. 어슬렁거리며 지나가는 사람들을 향해 '비켜요, 비켜요!'라고 말해. 특공대처럼 행동으로 나서는 거야. 플라타너스

나뭇잎 사이로 햇살이 비스듬히 들어오면서 아스팔트 위로 다채로운 빛을 내뿜고 있어. 빨리 가. 가서 마틸드와 다시 만나는 거야. 그녀를 붙잡는 거야.

오늘 저녁, 마음 단단히 먹으라고.

마틸드가 문을 열어주었다. 예전에 그녀와 함께 살았던 이 집에 들어오게 되었다. 쥘리앵은 벌써 꿈나라에 가 있었다.

"차 준비할게."

마틸드가 말했다.

식탁 위에는 촛불 하나가 춤추듯이 흔들렸다. 마틸드와 나는 기도하듯이 김이 나는 머그잔을 각자 두 손으로 꼭 잡고 있었다. 그녀는 내가 입을 열길 기다리고 있었다. 오늘 저녁에 만나자고 한 건 나였다. 내가 그녀에게 말할 것이 있다고 했고 그녀는 좋다고 했다. 물론 만나자는 나의 부탁을 그녀가 들어준 건 애정이 있어서가 아니라, 아이의 아빠인 나에 대한 의무감과 최소한의 예의 때문이었으리라. 그녀는 내가 앞에 있어도 아무런 동요도 하지 않았다. 그녀는 그냥 날 낯선 사람처럼 대했다. 이미 난 낯선 사람이었다.

마틸드에게 꼭 말해야 할 중요한 게 뭐였더라?

"저기, 우리에 대해, 우리가 함께 보낸 삶에 대해 다시 생각해 봤어. 내가 얼마나 행동을 잘못했는지 알겠더군. 난 당신에게 못되게 굴지는 않았지만, 당신을 학대하거나 그런 건 아니었지만,

그렇다고 당신에게 살갑지도 않았어. 내가 애정이 부족했어. 당신 옆에 살고 있으면서 당신에게 눈길을 잘 주지 않았지. 내게는 당신의 존재가 그냥 일상처럼 자연스러웠어. 심지어는 당신을 보고 아름답다는 생각을 하지도 않았지. 당신은 내게 여동생이나 어머니처럼 가족 같은 존재가 되어버렸기 때문에 당신의 아름다움에 대해서도 무감각했던 거야. 친구들 집에서 저녁을 먹을 때도 난 당신을 깎아내렸고, 계속 당신에게 틱틱거리고 빈정댔어. 당신을 정신적으로 학대한 거나 마찬가지지. 언제나 당신 위에 군림했고, 당신이 나와 생각이 다르면 냉정해졌고. 당신이 좋아하는 것, 당신에게 기쁨을 주는 것에 대해서도 무시했지. 난 작가로 승승장구했지만 당신은 시들어갔어. 우리 가정, 우리 아이를 돌보던 당신에게 난 단 한 번도 고맙다는 말을 하지 않았지. 당신을 사랑하는 방법이 정말로 잘못되었어……."

"왜 그렇게 자학하는 거야? 자책하나 봐."

"아냐, 마틸드. 내 행동이 어땠는지 이제야 안 거야. 당신이 다른 남자와 떠난 것도 한편으로는 내 잘못이고, 난 당해도 싸. 내가 당신을 대했던 태도를 생각하면 언제고 당신은 다른 사람과 떠났을 거야. 당신을 비난하지 않아. 당신을 이해해."

"당신, 같이 살기에 그렇게 끔찍한 남자는 아니었어, 알렉상드르. 12년이나 같이 살았으니 우린 서로에 대해 조금 권태를 느끼고 있었던 것 같아. 우리에게는 뭔가 다른 게 필요했던 거지."

난 다시 숨을 내쉬었다. 경기로 따지면 1차 휴식 시간이었다.

자기비판 단계. 내가 한 골을 넣은 것 같기는 하지만 경기가 어떻게 끝날지는 여전히 불투명했다. 난 휴식 시간이 끝나고 천천히 다시 경기장으로 돌아가는 선수 같은 태도를 취하며 말을 이었다.

"우리가 언제 만났지? 내가 열아홉 살이었을 때 만났지. 당시 한창 젊었던 난 당신만 생각했고 내 미래를 어떻게 세워갈까에 대해서만 생각했지. 하지만 지금은 당신과 어려운 시기를 겪은 후 난 변했고 달라졌어. 마틸드, 내가 오늘 여기에 온 건 당신을 사랑한다는 말을 하고 싶어서야. 우리가 다시 함께 살게 된다면 난 완전히 달라진 남자로 당신 앞에 있을 거야."

"언제 변한 거야?"

"어제 저녁에, 축구 경기를 보는 동안. 웃지 말라고. 일종의 계시 같은 것을 경험한 거야. 그렇게 거창한 건 아니지만. 신앙과 사랑은 서로 비슷하다고 생각해. 진정으로 신앙을 가질 때는 강렬한 사랑에 빠진 것과 같은 기분이거든. 신을 본 성인들과 종교인들…… 당신이 믿든 믿지 않든 어제 내게도 신을 본 것과 같은 일이 벌어졌어. 난 꼼짝도 할 수 없었고 이렇게 속으로 말했지. '내가 사랑하는 건 마틸드야. 다른 여자는 아무도 없어.' 솔직히 뭐라고 논리적으로 설명할 수 없었어. 당신에 대한 사랑이 분명하게, 마치 내 영혼을 여는 열쇠처럼 나타났던 거야. 지금도 이런 내 생각이 틀렸다고는 생각하지 않아. 당신에게 이렇게 분명하게 말할 수 있어. '마틸드, 당신은 내 인생의 여자야.'"

마틸드가 숨을 깊이 내쉬더니 윗입술을 깨물었다. 흔히 다른 사람들은 초조하면 손톱을 물어뜯지만 그녀는 어린 시절부터 불안하면 입술을 깨무는 버릇이 있었다.

"당신에게서 이런 말을 들을 거라고는 전혀 기대하지 않았어."

마틸드가 말했다. 그녀의 이마 위로 주름이 갔다. 어쩔 줄 몰라 하는 마틸드.

"당신 입에서 언젠가 이런 말을 들을 거란 생각은 해보지 않았어."

"처음 만났을 때 당신에게 할 말이 있다고 했을 때도……."

"그때는 당신이 그냥 재미로 나한테 접근한 거라고 생각했어. 이미 다른 여자들에게도 그런 식으로 여러 번 접근했잖아. 하지만 오늘 같은 고백은…… 알렉상드르, 그 몇 년 동안 당신은 어디 있었던 거야? 왜 내게 좀 더 일찍 그렇게 사랑을 고백하지 않았어?"

"그건, 전에 난 책 쓰는 생각만 했으니까."

"그거 알아? 전에 당신은 점점 까칠해졌어."

난 마틸드의 손을 잡았다. 분위기가 조금만 더 좋다면 그녀에게 곧바로 키스도 할 수 있을 것 같았다. 그녀는 내가 손을 잡아도 그대로 있었다. 그녀의 여윈 손을 어루만지다 보니 마치 나무를 만지는 것 같은 느낌이 들었다.

"당신 생각은 어때?"

"모르겠어. 갑작스런 일이라."

난 마틸드의 손목과 팔뚝까지 어루만지려고 손을 위로 움직였지만 그녀가 갑자기 손을 확 뺐다. 그녀의 얼굴은 마치 폭풍우가 몰려올 하늘처럼 잔뜩 흐렸다.

"이제 안 돼. 난 이미 멀리 와버렸어. 다시 예전으로 돌아갈 수 있을지 모르겠어……."

난 얼굴을 찌푸렸다.

"그만 가줬으면 좋겠어. 생각 좀 하고 싶어."

알렉상드르, 자리에서 일어나 마틸드를 품에 꽉 안고, 키스는 하지 않은 채 잘 있으라고 인사해. 오늘은 이렇게 의례적인 다정한 포옹으로 만족하라고. 그리고 그만 가는 거야. 현관문을 나가 천천히 계단을 내려가. 계단에 불은 들어오지 않아. 알렉상드르, 넌 강해. 그러니까 기다릴 수 있어. 그녀의 마음을 돌려놓는 너의 임무는 몇 달이 걸릴 수도 있어. 하지만 넌 의지가 강하니까 낙심하지 마.

알렉상드르, 너의 뺨 위로 눈물이 한 방울 떨어지고 있어.

7월 3일 월요일

부드러운 시장의 법칙

사랑에는 상업적인 면이 있다. 섹스는 협상과 비슷하다. 목적? 양편에 피해를 주지 않는 합의를 찾는 일이다. 그게 섹스와 협상의 공통점이다. 더구나 점점 그렇게 가고 있다. 커플의 관계가 발전하면 '기브 앤 테이크' 법칙이 적용된다. 커플마다 암암리에 맺은 협약이 있다. 섹스는 신중한 게임과 같다.

마틸드와 내가 섹스 할 때 어떤 방식으로 '기브 앤 테이크' 법칙을 적용하는지 한번 보자.

내가 사랑을 고백한 다음 날 저녁 7시 정도에 난 다시 그녀를 만나러 갔다. 그녀는 지금 만나는 남자 친구에게 전화를 해 잠시 생각할 시간을 달라 했다고 알려주었다. 사실, 어제 내가 다녀가고 나서 그녀가 남자 친구와 거리를 두게 된 건 아니었다. 마틸드와 지금 남자 친구의 관계는 너무 빨리 진행되는 상태라 잠시 숨을 돌리고 진지하게 앞으로도 계속 사귈지 생각할 시간을 가져야 했다. 행복한 우연인지는 몰라도 두 사람의 관계가 약간 삐걱거리던 바로 그 순간에 내가 등장했던 것이다.

10분.

10분 뒤 마틸드와 나는 알몸으로 안방 침대에 있었다. 침대 시트는 이미 어질러져 있었다. 그녀의 성기에서 끈적끈적한 애액이 많이 흘러나왔다. 그녀의 아랫도리가 이렇게 축축하게 젖어 있는 걸 본 적이 없었다. 여러 남자들과 사귄 게 그녀에게는 좋은 경험이었다. 이제 그녀는 성을 마음껏 즐길 줄 알게 되었다. 다시 그녀를 느끼고 그녀의 몸에서 소나기가 온 뒤의 땅과 숲에서 나는 것과 같은 냄새를 맡을 수 있어서 기분이 좋았다. 갈색 머리의 그녀에게서는 매혹적인 향이 났다. 금발 머리의 폴린에게서 풍기는 시큼한 향보다도 더욱 기분 좋은 향이었다. 마틸드와 나는 불은 그대로 켜두었다. 그녀는 평소에도 통통하지 않았지만 지금은 거기서 몸무게가 3킬로그램이나 빠진 것 같았다. 등에 어찌나 살이 없는지 등뼈가 살가죽 위로 톡 튀어나와 있었다. 헬륨으로 채워진 공 두 개처럼 푹신한 마틸드의 엉덩이가 벌어져 있었다.

마틸드의 허벅지 사이로 여전히 애액이 시냇물처럼 졸졸 흘러나왔다.

마틸드의 손이 부르르 떨었다. 마틸드는 자위행위를 하면서 천천히 아주 천천히 오르가슴이 느껴질 때까지 몸을 일으켰다.

"내게 손가락을 줘."

난 검지에 침을 발라 그녀를 애무했다.

"날 가져."

"좋아?"

"응, 너무 좋아."

난 마틸드가 해달라는 대로 했다.

"아! 좋아. 당신이 뒤에서 해주는 게 좋아."

"그 남자하고도 이렇게 했어?"

"아니, 내 항문은 오직 당신 거야."

"그 남자에게는 이렇게 해달라고 요구한 적이 한 번도 없어?"

"그는 이런 걸 좋아하지 않았어. 이런 방법을 잘 몰랐지. 하지만 그가 잘못 생각하고 있는 거야. 이렇게 하면 얼마나 좋은데."

잠시 후 마틸드는 헐떡이며 흥분하듯 소리를 질렀다. 그녀가 오르가슴을 충분히 느낀 것 같았다. 이제는 내가 오르가슴을 느낄 차례였다. 이 순간을 묘사하기에는 영감이 부족하다. 살과 호르몬의 만남인 이 순간을 어떻게 글로 표현할 수 있을까? 쾌락을 경험하고 있는 섹스에 대해서 말이다.

자위행위 대 항문 섹스. 그것이 마틸드와 내가 서로 주고받는 부드러운 시장의 법칙이었다.

기쁨을 느낀 지 얼마 되지 않아 끔찍한 일이 일어났다. 그녀가 눈물을 쏟으며 울더니 내게서 떨어졌다. 그녀는 오열하듯 몸을 떨며 울었다. 그녀는 무기력한 자기 자신에게 화가 나 있었다. 무능한 자신을 탓하며 괴로워하고 있었다. 그리고 그녀는 몸을 움츠렸다. 그런 그녀의 모습을 보면서 난 두려운 생각이 들었다. 난 그녀의 어깨를 잡으려고 했다.
"싫어, 내 몸에 손대지 마."
"왜 그래? 무슨 일이야?"
"날 좀 그냥 내버려둬. 내가 원하는 건 당신이 아냐."
난 자리에서 일어났다. 이런 내 모습은 금방이라도 화를 낼 것 같은 나약한 남자였다! 스물네 시간 만에 아름다운 여성을 다시 정복했다고 여겼는데 그건 나만의 착각이었다. 내겐 마틸드의 다리 사이에 언제나 불타는 것이 무궁무진하게 있을 것 같았다. 이제 우리 사이의 육체적인 거래는 끝까지 이어질 것 같았다. 우리가 재회해서 다시 맛본 황홀함이 계속 될 것 같았다. 하지만 이불로 몸을 덮은 채 절망하는 마틸드는 아직 내 여자가 아니었다.
난 외로웠다.

7월 8일 토요일

완벽한 결합을 찾아서

"내가 꿈을 꾸고 있는 걸까? 뭐지, 이런 바보 같은 기분이 뭐지?"

독자 여러분의 이해를 돕기 위해 배경을 설명해야겠다. 난 주말 동안 마르세유에 있게 되었다. 이곳에 살고 있는 오랜 친구 빅토르가 날 초대했다. 한증막처럼 더운 파리와 차가운 마틸드를 떠나 마르세유로 오라고 했다.

오늘 빅토르와 나는 수영을 했다. 오후에는 바위 위에 누워 빈둥거렸다. 가까운 곳에서 젊은 여자 두 명이 일광욕을 하고 있었다. 첫 번째 여자는 검은 올리브처럼 진한 갈색 머리에 몸이 아주 말랐으며, 가슴은 녹색 레몬만 했다. 바닷물에 젖은 여자의 머리에서 그녀의 몸 위로 물이 방울방울 떨어졌다. 두 번째 여자는 금발머리로 가슴이 진홍색이었다. 유두는 마치 생크림 속에 파묻힌 딸기처럼 함몰되어 있었다. 빅토르와 나는 두 여자를 흘끔흘끔 곁눈질하면서 '리비도의 자아'에 대해 열심히 이야기했다. 이야기를 하다가 중간 중간에 시원한 물속으로 들어가 파도를 잡으며 기분을 풀기도 했다.

이날 저녁, 빅토르와 나는 거대한 절벽 위에 자리한 레스토랑에서 저녁을 먹었다. 태양이 지면서 빛이 흩어지고 있었다. 물 위로는 흰색 페리들이 마치 마천루처럼 떠 있었고 저인망 어선 몇 대가 물살을 가르며 가고 있었다. 바람은 마치 애무처럼 느껴졌다. 저녁 10시인데도 이렇게 바람이 따뜻했다.

빅토르는 프로방스 출신의 여자와 사랑에 빠져 있었다. 빅토르와 그 여자의 이야기는 나름 복잡하기 때문에 더 이상 자세히는 말하지 않겠다. 다만 두 사람에 대해 알려준다면, 오늘 저녁이 두 사람에게는 함께 있을 수 있는 유일한 시간이었다. 두 사람은 앞으로 3주 동안 떨어져 있어야 했다. 하지만 어쩔 수 없는 이유로, 불가항력 때문에 빅토르와 나는 환영받지도 못하는 저녁식사에 끼게 되었다.

"여자들의 저녁식사라 …… 믿을 수 없는데!"

내가 빅토르를 더 부추겼다. 로제 와인과 왁자지껄한 분위기가 떠올랐다.

"마치 미국 드라마 시리즈의 주인공이 된 것 같겠어……."

탁자에 앉아 있는 여자 여섯 명이 접시를 올렸다. 익숙하지 않은 것 같았다.

"이런 저녁식사 모임을 자주 갖나요?"

"거의 매주 모이죠."

"집단주의군요. 그러니까 제 말은 여섯 분이 늘 붙어 다니신다고요. …… 그동안 남자 친구들은 무엇을 하나요?"

"남자 친구들은 전부 다른 여자를 끼고 있죠."

한 여자가 말했다.

"남자들은 참 친절도 해요. 그런데 한두 번도 아니고 너무 하는 거 아니에요?"

난 아무 말도 할 수 없었다. 화가 치밀어 올랐다.

"외출의 목적은 언제나 그거 아닌가요, 유혹하는 거? 즐기고 깜짝 만남을 가지기 위해. 하지만 이렇게 여자들만 여섯 명이 뭉쳐 다니면 아무 일도 일어나지 않죠. 아주 지루한 저녁식사가 되는 거죠. …… 저녁식사 시작부터 무슨 이야기를 나누었습니까? 옷, 다이어트, 시시한 이야기……."

탁자 아래에서 빅토르가 발로 날 툭 치고는 화난 눈빛으로 쳐다봤다. 하지만 빅토르도 내 입을 다물게 하지는 못할 것이다.

"여섯 분은 너무 젊고 팜므파탈적이라 칸막이를 치고 은밀한 쾌락을 즐기죠. 유리벽을 세워놓고 한쪽에는 남편, 또 다른 한쪽에는 애인을 두죠. 자신은 독립적이라 생각하지만 사실은 무리를 지어 몰려다니기에 바쁘죠. …… 자신이 먼저 생각도 하지 않고요. 자, 오늘은 완벽한 결합에 대해 얘기해보죠. 요즘 나오는 여성 잡지나 저속한 심리학자들이 잘 다루는 주제죠. 사랑을 하면 두 사람이 너무 붙어 있어서는 안 된다고 합니다. 서로 너무 의지하지 말고 상대에 너무 집착할 정도로 열정을 가져서도 안 됩니다. 각자 자신만의 공간, 비밀의 정원을 가꾸는 게 이상적일 겁니다. 시시하죠. …… 사랑이 완벽한 결합을 추구하는 게 아닌 것처럼 보이니까요. 독립적인 사랑은 애정이 어린 증오와 같습니다."

등 뒤로 해가 지고 있었다. 태양이 정말로 바다에 떨어지는 것처럼 보였다. 해가 지자 낮처럼 밝았던 저녁이 캄캄해졌다. 난 완전히 와인에 취했다. 지금 날 쏘아보는 열 쌍의 눈이 빛났다.

"빅토르, 이렇게 친구가 많아?"

"여자들이 함께 몰려다녀서 충격 받은 건가요? 댁 같은 사람 필요 없어요. 댁 없이도 우린 아주 행복하니까요."

"질투하는군요."

"요즘 같은 세상에 댁 같은 남자는 필요 없어요."

무리 가운데 가장 예쁘게 생긴 여자가 말했다. 에스키모처럼 평평한 얼굴에 황금빛 노란 피부를 가진 여자였다. 그녀는 눈썹이 부드러웠고, 입술에는 립스틱이 칠해져 있었다.

"댁 같은 남자는 더 이상 기회가 없어요. 보수적이고 속 좁은 남자, 사양이네요. 세상이 달라졌는데……. 댁 같은 남자 곁에 평생 붙어살면서 멍청한 말을 들어줄 여자는 한 명도 없을 거예요."

7월 9일 일요일

아무 이유 없이 손을 씻었다

사냥꾼의 본능.

파리행 기차의 식당 칸에서 난 사냥감을 골랐다. 너무 예쁘고 자신감에 차 있는 여자는 만만하지 않으니 사냥감으로 적당하지 않았다. 그리고 사냥감이 되려면 너무 못생겨서도 안 되었다. 몸매, 앉아 있는 모습만 봐도 이상한 여자인지 아닌지 알 수 있었다. 오늘 저녁 내가 찍은 사냥감은 50대 여자였다. 나의 사냥감에게는 뚜렷한 특징이 있었다. 탕녀처럼 가슴이 무지하게 크다는 거였다. 어찌나 가슴이 큰지 입고 있는 검은색 스웨터의 솔기가 터질 것 같았다. 거기다 코가 단단하고 턱이 각이 져서 그런지 펑퍼짐한 중년 여자처럼 보이기도 하고 로마 황제처럼 보이기도 했다.

식당 칸에는 지지직거리는 라디오 둘레에 사람들이 모여 있었다. 대신 객차 안은 거의 비어 있었고, 몇몇 사람들은 흥분한 해설자의 목소리를 열심히 듣고 있었다. 프랑스와 이탈리아의 월드컵 결승전 방송이 라디오에서 중계되고 있었다. 경기는 연장전으로 돌입했다. 라디오 소리가 약해지더니 거의 들리지 않았다. 라디오에 가장 가까이 있던 사람들이 주먹을 탁 쳤다.

"뭐야? 도대체 어떻게 된 거야?"

프랑스 팀의 주장 지네딘 지단이 레드 카드를 받고 퇴장을 했다. 상대편 이탈리아 선수에게 박치기를 했기 때문이다.

윗입술과 코에 피어싱을 하고 날라리 같은 차림을 한 20대 여자가 소리쳤다.

"그래, 지단, 잘했어. 마음껏 기분 풀라고. 그동안 많이 참았잖아. 모두 가만히 있지 마."

한편 사냥꾼인 나는 다른 것을 찾고 있었다. 지단의 박치기는 내게 좋은 구실을 주었다. 내가 찍은 사냥감인 중년 여인에게 말을 시켰다.

"지단의 박치기에 대해 어떻게 생각하십니까?"

지금 이 순간, 이 여자가 어떻게 생각하는지는 중요하지 않았다. 중요한 건 사냥감이 걸려들었다는 사실이었다.

30분 후, 그 중년 부인과 나는 손에 맥주를 들고 나란히 앉아 있었다. 난 얼큰히 취한 사냥꾼이었다. 혼자 사는 중년 부인은 몸에 바로 불이 붙지는 않는 법이었다. 일단 우리는 예의를 지키며 이야기를 나눴다. 그리고 난 그 여자의 다리에 손을 올려놓았다.

"어디 안 좋은가요? 지금 뭐하시는 거죠?"

여자가 물었다. 하지만 나무라는 목소리는 아니었다.

"당신의 허벅지에 손을 올려놓았습니다."

"알아요."

"그런데 치우지 않는군요?"

"그러니까 …… 놀라서."

"이런 상상을 해본 적이 없죠? 기차에서 낯선 사람과 섹스 하는 거? 다시는 안 볼 낯선 사람과요."

여자는 손가락으로 맥주 캔 가장자리를 어루만지고 있었다.

"무슨 말인지 알아요? TVG(고속열차)에 탄 것처럼 짜릿한 느낌이죠. 눈 깜짝할 사이에 경험하는 판타지."

"그건 그렇죠."

여자의 눈을 보니 딴생각을 하는 것 같았다.

"이번 주말에는 뭘 했죠?"

내가 물었다.

"음……, 엑상프로방스에 있는 친구들 집에 갔어요. 커다란 수영장이 있어서 수영을 했죠. 365미터를 수영하고 싶었어요. 일년의 365일과 같은 숫자죠. 하지만 끝까지 할 용기가 없었어요……"

"운동을 하신 분 같군요. 혈색도 좋고 피부도 좋아요."

평범한 칭찬이지만 잘 먹혀들었다.

"고마워요."

난 손을 좀 더 올려 여자의 허벅지를 부드럽게 어루만졌다. 여자는 다리의 털을 뽑지 않고 면도칼로 밀기만 한 것 같았다. 그래서 그런지 까칠까칠한 모근이 느껴졌다. 매력이 떨어지는 요인이었다. 하지만 참기로 했다. 동물처럼 털이 난 사냥감을 언제나 찾을 수 있는 건 아니니까.

"자, 그럼 저의 TGV 판타지가 어떻게 이루어지는지 보죠. 전 지금 일어나 저기 화장실에 갈 겁니다. 30초 후에 당신이 화장실로 와 문을 노크하면 제가 문을 열 테니 들어오는 겁니다. 그리고 사랑을 나누는 거죠."

"모르는 여성들에게 이런 식의 제안을 자주 하나요?"

"예, 그렇습니다."

"통하나요?"

"예, 요즘은 사람들이 너무나 사는 게 지루하니까 쾌락만 기다리죠. 낯선 사람과의 정사를 기대하죠. 매일 다람쥐 쳇바퀴 돌듯 똑같은 일상에서 벗어날 수 있게 해주는 달콤한 일탈이니까요."

"살면서 일탈도 중요하죠. 전 그것을 너무 늦게 깨달았지만."

"결혼하셨나요?"

"이혼했어요."

"아이는?"

"둘이요. 모두 다 커서 어른이죠."

"아주 좋군요."

"이름이 뭔지 알려주세요."

여자가 말했다.

"아니, 맞춰보세요."

"너무 어렵군요. 당신과 섹스를 하려니 이름이 뭔지 알고 싶네요."

"알파벳 A로 시작해서 E로 끝납니다."

"앙투안?"

"아뇨."

"아나톨?"

"틀렸습니다."

"알렉상드르?"

"맞아요."

"그럼, 부인의 이름은요?"

"폴린."

순간 난 킥킥 웃었다.

"제 이름이 웃긴가요?"

"아뇨, 생각나는 사람이 있어서요. 자, 말을 너무 많이 했군요……."

난 자리에서 일어나 화장실 쪽으로 갔다. 가는 도중 뒤를 돌아봤다. 폴린은 창문 쪽을 열심히 보고 있었다. 캄캄한 밤 풍경을 감상하고 있었다. 과연 내가 있는 화장실로 올까, 안 올까? 봐야 알겠지. 한번 해볼 가치는 있었다. 난 화장실 문을 닫았다. 아차, 그런데 화장실이 비좁다는 것을 잊고 있었다. 대구(내 사냥감을 '대구'라 부르기로 했다)가 여기에 어떻게 있을 수 있을까? 난 아무런 이유 없이 손을 씻었다. 뭔가를 해야 할 것 같았다. 노크 소리가 났다. 난 문을 열었다. 폴린이었다.

폴린의 가슴을 어떻게 설명해야 할까? 두 손으로도 다 감쌀 수 없을 정도로 무지하게 큰 가슴이었다. 결국 한쪽 가슴만 두 손으로 잡을 수 있었다. 그녀의 가슴은 컵 받침처럼 넓고 동그란 모양이었다. 유두는 투명한 장미처럼 반들반들하고 부드러웠다. 그녀의 아랫도리는 검은색 덤불 같았다. 그녀는 대구가 아니라 고래였다. 내가 우려한 대로 그녀는 화장실 공간을 꽉 채웠다. 난 콘돔 하나를 착용했다(언제나 지갑 속에 콘돔을 두 개 가지고 다녔다). 이어서 난 그녀의 몸속으로 들어갔다. 그녀의 허벅지 사이에 꽉 끼었다. 우리 두 사람은 더 이상 움직이지 못했다. 그녀는 민첩하지가 않았다. 결국 그녀는 세면대 위에 앉았다. 그녀의 허리 위로 푸른색 액체 비누가 흘렀다. 내가 뒤로 물러날 수 있는 공간이 없었다. 몇 분 동안 쩔쩔매다 보니 발기된 성기가 누그러졌다. 그녀는 너무나 거대한 여자였다. 살이 접혔고 털도 많았다. 난 뒤로 물러났.

"다른 방법으로 마무리해도 괜찮나요?"

내가 물었다.

"예, 그럼요. 오히려 좋아요."

폴린은 내 쪽으로 몸을 숙이더니 내 성기를 애무하며 빨았다.

잠시 후 난 세면대 위로, 거울 위로 정액을 뿌렸다. 환상이 현실이 되는 순간이었다.

"과학수사대 입장에서 보면 세면대와 거울에 묻은 정액은 치명적인 증거겠군요."

폴린이 만족해하며 말했다.

난 걸어서 마틸드의 집으로 갔다.

내 몸에서는 여전히 그 뚱뚱한 폴린의 화장수 냄새가 났다. 그 냄새가 내 와이셔츠와 손에 전부 뱄다. 냄새를 없애려고 손바닥에 침을 뱉은 다음 그것으로 양쪽 팔뚝을 문질렀다. 그럭저럭 괜찮았다.

왜 내가 낯선 여자와 그 짓을 했을까? 마틸드가 울음을 터뜨린 그날 저녁 이후로 더 이상 나와 섹스를 하려고 하지 않았기 때문이다. 난 섹스에 중독된 사람이라 스물네 시간마다 적당히 섹스를 해야 했다. 몇 년 동안 계속 그랬다. 이렇게 보니 나야말로 마약 중독자와 다를 게 없었다. 욕망을 채우지 못하면 참을 수가 없었다. 그럴 때면 양심이고 뭐고 없었다. 일단 욕구를 채웠으니 내일까지는 버틸 수 있을 것 같았다. 이제 날 거부하는 마틸드의 옆에 누워 잠을 잘 생각이었다. 그녀에게 섹스를 하자고 요구하지도 않고 잘 생각이었다. 편하게 잠을 잘 수 있을 것 같았다. 낯선 여자를 통해 욕구를 풀면 나에게도, 마틸드에게도 좋은 일이었다. 난 욕망을 채울 수 있어서 좋고 그녀는 잠자리를 하자는 내 요구가 없어서 편히 잘 수 있으니 좋았다.

  마틸드의 아파트에 도착하자 시간은 벌써 자정이었다. 그녀는 침대에 누워 자고 있었다. 난 이불 속으로 들어가 구석자리에 누웠다. 잠자고 있는 그녀의 귀에 대고 난 그저 한숨만 내쉬었다.

  "사랑해."

7월 13일 목요일

현실을 좇아 끝까지 뛰어가다

감정에 대해서는 사람마다 다른 생각을 갖고 있었다. 어떤 사람은 복잡한 감정에 얽히고 싶어하고, 어떤 사람은 복잡하게 사랑을 하며 그 상황을 즐겼다. 여기저기에 고백을 하고 지키지도 못할 약속을 하면서 즐기는 것이었다. 어떤 사람은 뒤죽박죽 미로처럼 얽힌 복잡한 감정에서 자신을 찾다 보니 결국 거기에 빠져 헤어 나오지를 못했다.

난 이들과는 반대였다. 난 무엇보다도 분명한 태도, 직접적인 시선, 솔직함을 좋아했다. 분명하게 내리쬐는 빛처럼 확실한 감정을 좋아했다. 단순한 설명과 논리로 감정에 대해 결론 내리는 걸 좋아했다.

적어도 이런 정신 상태로 폴린(기차에서 만난 중년 여자 폴린 말고 원래 알고 지내던 폴린)을 점심식사에 초대했다. 내 사무실에서 멀지 않은 스시바에서 그녀와 점심을 먹기로 했다.

난 초승달처럼 생긴 연어 초밥 하나를 집었다. 긴 머리카락으로 얼굴을 가린 폴린도 연어처럼 아주 신선한 분홍빛이었다. 그녀에게서 시큼한 레몬 향이 났다. 찜통 같은 더위 속에서 뚜렷하게 나는 향이었다.

"지난번에 생각할 시간을 좀 달라고 했지. 혼자 있고 싶다고 했고."

"그래서 지금은?"

"함께 크로아티아로 휴가 가기로 한 거 취소해야 할 것 같아. 아직 너무 일러."

놀라운 자제심. 폴린은 전혀 당황하는 빛을 보이지 않았다. 티는 안 났지만 분명 놀랐을 것이다. 그녀가 젓가락으로 집은 생강 조각을 떨어뜨리지만 않았다면 그녀가 내 말에 전혀 동요하지 않았을 거라고 생각했을지도 모른다. 살해 위협에서도 벗어난 적이 있는 여자라 그런지 이별의 식사 앞에서도 침착할 줄 알았다.

"앞으로 어떻게 할 거야?"

"마틸드와 아들에게 돌아가고 싶어."

"그럴 줄 알았어."

"가족에게 돌아가고 싶다는 말 한 적 있지. 하지만 마틸드가 전혀 들으려고 하지 않아. 아이가 있으면 아이 엄마를 떠나기가 힘들어. 혼자서 아이를 기를 수도 없고 아이와 매일 살 수도 없다는 것을 인정해야 해. …… 예를 들어 일요일 아침마다 더 이상 아들 얼굴을 볼 수 없는 일이, 더 이상 아들이 내는 귀여운 목소리에 잠을 깰 수 없다는 일이 얼마나 섭섭한지 모를 거야. 매일 저녁 잠들기 전에 아들에게 이야기책을 더 이상 읽어줄 수 없다는 일이 얼마나 섭섭한지 모를 거야."

"이해할 수 있어. 우리 아버지가 같이 사는 여자는 더 이상 아버지와 잠자리를 하고 싶어하지 않아. 그 여자는 전 세계를 돌아다니며 바람을 피우지. 우리 아빠의 몸무게는 조만간 120킬로그램이 될 거야. 하지만 이번이 두 번째 결혼이고 나와 오빠, 남동생을 자식으로서 잃었다고 생각해서 그런지 아버지는 모든 걸 그냥 담담히 받아들이시는 것 같아. 재혼한 여자가 바람피우는 일도, 섹스를 할 수 없는 상태도, 비만인 것도 다 받아들이시는 것 같아. 아버지는 가정을 두 번이나 깨느니 차라리 그냥 익숙해지는 게 낫다고 생각하시지."

"아버지 말씀이 맞아. 그래, 맞는 말씀 같아. …… 문제는 마틸드야. 마틸드는 날 받아줄 마음이 전혀 없는 것 같아. 당신은 정신과 의사니까 알 거 아냐. 이미 여러 해를 같이 산 두 사람 사이에는 다시 사랑이 생겨날 수 없는 거야?"

사디즘 같은 질문이었다. 질문을 하며 사디즘 같은 질문이라는 것을 알아차렸다. 하지만 폴린은 너무나 태연했다. 그녀가 너무 태연하니까 오히려 사디즘 같은 질문이었으면 하고 바랄 정도였다. 그녀는 결혼 상담 전문가 역을 하며 나보고 잃어버린 가정을 다시 찾으라고 용기를 불어넣어 줄 것인가?

"때에 따라 달라. 일단 너무 초조한 빛을 보이지 않는 게 나을 것 같아. 지금 당신은 마치 눈 깜짝할 사이에 예전 삶을 살려는 사람처럼 서둘러 다시 슬리퍼를 신는 것같이 보이는데 그러면 안 된다는 거지……."

"난 기다릴 수 있어."

"그렇겠지. 어쨌든 당신이 너무 서둘러 재결합을 밀고 나가면 오히려 마틸드와의 관계가 더 안 좋아질 수도 있어. 구속하고 지배하는 관계가 될 거야. 헤어질까 봐 두려워하거나 고통스러운 관계를 만들 수는 없잖아. 두 사람이 진정으로 다시 서로를 원해야지."

"충고 고마워."

"그러면 휴가는? 갈 거야?"

"보름 동안 아들하고 단 둘이서만 갈 거야. 마틸드는 일 때문에 파리에 있을 거라고 하더군. 자동차를 빌려서 쥘리앵과 우선 스위스에 갈 거고, 그 다음에는 이탈리아에 갈 거야. 마틸드는 로마에서 만나기로 했어. 해외에서 셋이 다시 만나면 분위기도 바꿀 수 있어서 좋을 거야. 하지만 잘 지내지 못할까 봐 걱정돼. 여행을 가면 그녀와 난 토닥거리지 않은 적이 없거든……."

폴린과 내 접시에는 소스에 쩐 밥알 몇 개만이 남아 있었다. 폴린의 눈에서 축축한 막 같은 것이 언뜻 보였다. 그녀는 눈물을 참고 있는 듯했다. 그래서 눈물이 흐르지 않고 눈에 고여 시야를 흐릿하게 하는 거였다.

"난 괜찮을수록 회의적이 되는 것 같아. 진실이란 게 전혀 존재하지 않는다는 생각이 들어. 그 어디에도 집중할 수 있는 글이 없어. 철학 시스템이란 건 잊으라고 있는 거지. 누가 말한 건지 기억이 나지 않지만 '내가 읽은 것에 모두 동감이야.' 란 말이 있어. 나도 마찬가지야. 각종 신념을 갖기도 하고 여러 책에서 읽게 된 저자들의 주장을 내 것으로 만들기도 하지. 하지만 얼마 안 있어 그 말도 시들한 게 관심이 떨어졌어. 열정이 사라지고 나면 난 다시 예전과 똑같이 되어버려. 뭐가 뭔지 모르겠고 의심이 많아지는 거지. 섹스투스 엠피리쿠스의 《피론주의 개요》 읽어봤어?"
"아니."
폴린이 대답했다.
폴린은 탁자 위로 두 손을 얹었다. 다른 사람들은 쇼핑이나 요트를 좋아하지만 폴린은 추상적인 것을 좋아했다. 그러니 그녀 앞에서는 똑똑한 체하는 날 비판할 필요가 없었다.
"고대 회의학파의 책 가운데 유일하게 현대에 남아있는 작품이야. 우선, 섹스투스는 유일한 가정을 했지만 그 가정은 아주 강제적이야. 모든 문제에 대해 똑같이 반대 논리를 만들어야 한다고 하지. 이것을 반대 논리의 원칙이라고 해. 우주는 무한할까, 아닐까? 남자와 여자는 동등할까, 아닐까? 회의론자는 어떤 문제를 다루든 두 가지 모순되고 상쇄되는 논리를 세우다가 결국은 어느 것에도 동의하지 못한 채 결정할 수 없다고 해버리지. 그게 추구하는 목적이야. 의심. 내가 그래. 뭐든 상관없거든. 어떤 진실에 다가갈 수 없다고 생각하니까 사람들은 가능한 눈앞에 보이는 것을 정확하게 묘사하는 일 외에는 더 이상 아무것도 할 수 없는 것 같아. 언어라도 삶의 마지막 수수께끼를 밝혀주지는 않아. 하지만 언어를 통해 감정과 생각을 표현할 수 있겠지. 감정과 생각을 정확히 나타내줄 수 있는 표현을 하게 된다면 꽤 괜찮은 거지. 그러면 더 이상 뭘 바라겠어?"

"난 그렇게 생각하지 않아. 진실은 있는 것 같아."

"어떤 진실?"

"모든 표현이 다 맞는 건 아냐. 어떤 분석가도 그건 알아. 어떤 환자에게는 그저 수다만 떨게 해. 하지만 환자는 정곡을 알게 되면 자신의 문제와 과거에 대해 정확하게 해석하지. 왜 환자가 갑자기 변했을까? 자신에 대해 어느 정도 진실을 알게 되어 그런 거지. 그리고 학문적으로 어쨌든 꽤 많은 것을 알게 돼. 사실, 요즘 사람들이 어떻게 해서 회의적이 되는지 이해가 안 가. 회의적인 태도는 게으른 거라 생각해."

"꼭 그렇지만은 않아. 정신과 상담으로 증상이 나아졌다면 그건 모든 능력을 동원해 상황을 가장 잘 알아서 그런 거야. 물리학도 마찬가지야. 진실이란 건 단순히 관찰한 현상을 정확하게 수

학적으로 묘사하는 일을 말해. 문학에서도 꼭 맞는 적당한 표현을 찾지. 그 어떤 경우에는 상황을 완벽하게 이해하지 못할 수도 있고 이해할 수도 있어. 다른 논리에 허를 찔릴 수도 있고. 당신이 주장하는 진실이 있다면 정확하게 표현할 수 있어야지. 딱 맞는 표현 말이야. 그러면 더 이상 현실을 좇아 끝없이 달릴 필요도 없을 거야."

폴린이 미소를 지었다. 그러자 그녀의 입가 양쪽에 가는 매력적인 주름이 생겼다. 그녀의 눈가 끝에도 가는 주름살이 부채처럼 퍼졌다.

"그건 그렇고 아쉬운 게 하나 있을 것 같아. 당신과 했던 잠자리가 그리울 거야."

내가 대화 주제를 바꾸며 말했다.

"그래, 당신이 날 탐하면서 얼마나 날 만족시켜주었는지 모를 거야. Y와 몇 년을 보내면서 난 내가 못생기고 혐오스런 존재처럼 느껴졌어."

"오늘 당신 집에서 약속을 잡지 않아 다행이야."

"날 덮쳤다 해도 반항하지 않았을 거야."

"지금 당신 집으로 가서 마지막 섹스를 할 수 있어. 내가 새로운 인생을 시작하기 전에 하는 마지막 섹스."

"하지만 그렇게 하면 앞뒤가 안 맞지."

"그래, 맞아. 그러지 않는 게 낫겠어. 마틸드와 잘해보고 싶다면 깨끗한 인간이어야 하지. 그렇지 않다면……."

폴린은 가슴을 탁자에 대고 팔짱을 끼었다. 그녀의 풍만한 가슴이 만들어내는 선이 블라우스 틈 사이로 보였다.
"성욕이란 어찌나 강한지. 한쪽으로만 모으기가 왜 이렇게 힘들지?"
난 마치 대단한 희생이라도 하는 양 말했다.

7월 20일 목요일

비가 오니 정말 좋아

　알다시피 소설마다 긴장감이 약해지는 부분이 있다. 작가는 이야기를 전개하면서 장면을 전환하고 중간 장면을 넣고 이야기를 평이하게 다듬어야 한다. 이 같은 덫을 피하고 페이지 전체에 걸쳐 마멀레이드를 조금씩 주듯 독자의 관심을 분산하는 소설가는 흔치 않다. 자, 지금 여러분은 중간 두께의 책을 들고 있다. 그 책은 정신분석 이론의 '잠재기(프로이트 이론에 따라 소아기의 소아성욕이 정점에 이르는 5세 무렵부터 사춘기 사이에 성적 호기심과 성적 활동의 중단이 있다고 보는 기간)' 내용으로 시작하고 133페이지에서 끝난다고 가정해보자. 자, 독자 여러분에게 예고한다. 독자는 선택할 수 있다. 그냥 앞으로 나올 30페이지를 뛰어넘고 바로 마지막 페이지를 펼칠 수도 있고 참을성 있게 끝까지 읽을 수도 있다. 끝까지 읽는 경우, 여유를 갖고 무슨 장면이 나올지 너무 궁금해하지 말길 바란다. 즐겁게 산책하듯 책을 읽으면 된다. 앞으로 어떤 장면이 나올지 알 수 없다. 특히 눈에 띄는 장면이 나오면 읽은 보람이 생기고 그런 것이다.

또 다른 세상.
돌 더미들이 있었다. 혀처럼 길게 늘어진 차가운 작은 호수가 돌 틈을 핥는 듯 지나갔다. 이상하게도 분위기가 상쾌하고 밝았다. 아주 투명한 안개가 펼쳐지니 마치 구름 한가운데 있는 것 같았다.

쥘리앵이 내 곁에서 폴짝 뛰어다녔다. 쥘리앵은 바위에 오르더니 바위를 하나씩 건넜다. 오늘 아침 쥘리앵에게 반바지를 입혔다. 쥘리앵의 약한 맨 무릎이 단단한 바위 덩어리와 묘한 대조를 이루었다. 쥘리앵은 바위를 하나씩 밟고 건너가며 놀고 있었다.

오늘 아침 쥘리앵과 나는 차를 타고 다섯 시간을 여행했다. 우리는 노래를 부르고 음악을 듣고 이런저런 이야기를 나누었다. 쥘리앵은 매번 투덜거리는 법이 없었다. 심지어 아이들이 흔히 하는 투정인 '언제 도착해요?' 라고 묻지도 않았다. 우리 둘은 함께 시간을 보내 기뻤다.

쥘리앵과 나는 기분이 좋았다. 여자에게서는 이렇게 완벽하게 편안한 기분을 느낀 적이 없었다. 난 칼로 훈제 연어를 썰어 샌드

위치 안에 넣었다.

"쥘리앵, 어서 와! 점심 준비 다 됐다."

쥘리앵이 내 옆에 와서 앉았다. 쥘리앵과 나는 코끼리 등처럼 둥근 바위 위에 다리를 편하게 올려놓았다. 난 저만치 먼 데 있는 벌어진 계곡 쪽으로 눈을 돌렸다.

비가 오기 시작했다. 바람이 소용돌이치면서 내리는 안개비가 쥘리앵과 나를 감쌌다. 우리는 살구를 디저트로 먹었다.

"난 비가 너무 좋아."

쥘리앵이 말했다.

"비가 오면 너무 좋아, 안 그래?"

혹시 쥘리앵이 울고 싶다는 말을 비가 좋다는 말로 대신하는 건 아닌지 궁금했다.

쥘리앵과 휴가를 보내면서부터 난 실어증 환자처럼 말없이 오래 있곤 했다. 우울했다. 지금 마틸드는 어디에 있을까? 어느 남자의 품에 있을까? 그녀는 처음처럼 여전히 내게 충실한 걸까? 쥘리앵과 내가 없으니 그녀는 파리에서 마음껏 자유를 누리고 있을 게 분명했다. 아들 쥘리앵과 내가 아무리 끈으로 몸을 묶고 버텨도 우리 가족의 배는 침몰했다. 이런 이야기를 직접 한 적은 없지만 마틸드와 난 서로 우리 가족의 배가 이미 침몰했다는 것을 어렴풋하게 느끼고 있었다. 난 아무 말도 하지 않고 그대로 있었다. 쥘리앵이 아무리 재잘대도 아무리 이런저런 몸짓을 해도 더 이상 아무런 반응을 보이지 않았다. 목 안에 돌이 걸린 것처럼 탁 메어왔다.

7월 21일 금요일
세상이 사라지는 것 같았다

"이 사람들은 전부 뭘 기다리는 거야, 아빠?"

"모르겠어."

난 자전거 페달을 계속 밟으며 말했다.

쥘리앵은 자전거 뒷자리에 앉아 있었다. 벌써 밤 11시였다. 로카르노 광장에서 저녁을 너무 오래 먹었다. 쥘리앵은 평소 같았으면 벌써 자고도 남을 시간이었지만 오늘은 이렇게 나와 함께 자전거를 타고 호수를 지나 캠핑장으로 돌아가고 있었다. 자, 다 왔다. 둑길에는 수백 명이 어슬렁거리며 별이 빛나는 밤 풍경이 어두운 마죄르 호수에 비치는 모습을 구경하고 있었다.

"사람들이 불꽃놀이를 기다리는 것 같아."

쥘리앵이 말을 이었다.

다섯 살짜리 쥘리앵이 벌써 이런 추측도 할 줄 알았다. 사람들이 길을 막고 있어서 자전거를 빨리 몰 수가 없었다. 체념한 난 자전거를 세웠다. 아무리 늦은 시간이라도 아들에게 한여름의 불꽃놀이를 보여주지 않을 수가 없었다. 맥주와 구운 메르게즈 소시지 냄새가 솔솔 풍겨왔다. 쥘리앵과 함께 앉을 수 있는 작은 공간을 발견했다.

교육의 즐거움 가운데 하나는 가볍게 법을 어길 수도 있다고 알려주는 일이었다. 가끔 쥘리앵과 나는 기존의 공공규칙을 어겼다. 어제만 해도 우리는 캠핑장에서 도심까지 2킬로미터를 걸어갔는데, 물가를 따라 걷기도 했다. 가는 도중에 우리 바로 앞에 철문과 표지판이 보였다. 표지판에는 '개인 소유의 토지'라고 적혀 있었다.

우리는 주저하지도 않고 무릎까지 오는 물속으로 들어가 울타리를 돌아갔다. 맞은편에는 영국식 잔디밭이 있었다. 흰색 반바지를 입은 두 팀이 배구 시합을 하고 있었다. 우리는 스포츠 경기를 하는 호화로운 운동장 한복판에 들어선 것이다.

"정말 바보 같은 짓이야. 저 사람들이 우릴 안 봤으면 좋겠어."

쥘리앵이 말했다.

개인 소유 토지의 맞은편 끝에 커다란 장애물이 버티고 있었다. 높은 벽이 둘러싸고 있었던 것이다. 3미터 높이의 철책 문 위로는 철조망이 쳐 있었다. 그러나 쥘리앵과 나는 쉽게 포기하는 성격이 아니었다. 쥘리앵은 등산가 유전자를 타고났다. 여기서 되돌아갈 수는 없었다.

버드나무 가지를 굽히니 철조망 위를 건너갈 수 있게 해주는 다리가 되었다.

"자, 쥘리앵, 내가 말한 대로 하면 돼. 먼저 올라가. 난 뒤에 있다가 문제가 생기면 널 잡아줄게."

우리는 철문 위로 올라갔다. 우리 뒤에는 배구 시합을 하는 사람들이 사교계 무용수처럼 우아하게 움직이고 있었다. 한 일꾼은 이미 완벽한 잔디밭을 또 다듬고 있었다. 모두들 쥘리앵과 나에게는 신경을 쓰지 않았다. 마침내 우리는 철조망이 있는 곳까지 갔다. 언뜻 보니 담장에 전기 감전 장치는 되어 있지 않았다.

"이제 내 어깨에 발을 올려. 그래 잘했어, 그렇게. 가지를 잡아. …… 아주 잘했어."

쥘리앵은 어린 고양이처럼 민첩하게 나무에 올라갔다.

"그대로 있어. 곧 갈 테니까."

나도 성공적으로 내려왔다. 그런데 손등을 보니 기다란 상처 자국이 나 있었다. 쥘리앵이 눈치 채지 못하게 손등을 몰래 훔쳐 닦았다.

칠흑 같은 밤이 깊었다.

맞은편 강가에 탁탁거리며 태양처럼 환한 빛이 나타났다. 동그란 불꽃은 물에 비쳐 더 많아 보였다. 첫 번째 불꽃 터지는 소리가 들렸다. 불그스름한 동그란 모양의 불꽃이 하늘로 올라가더니 부채처럼 쫙 퍼졌다. 다채로운 빛깔의 불꽃이 하늘을 화려하게 수놓았다. 불꽃이 터진 다음에 소리가 들렸다.

처음에 불꽃은 혜성처럼 보였다. 혜성의 꼬리, 녹색 또는 보라색 UFO, 기다란 꼬리가 빛을 내는 운석, 무수한 별과 같은 불꽃이 우리에게 다가왔다. 마치 거대한 돋보기를 하늘에 댄 것처럼. 은하수, 초신성, 퀘이사(강한 전파를 내는 성운) 같은 불꽃이 넓디넓은 하늘에 퍼지며 반짝거렸다. 우리 바로 눈앞에 불꽃이 보였다.

2막. 불꽃은 다시 땅으로 내려와 스르르 사라져 흔적을 감췄다. 온갖 폭죽이 동시에 터지며 꽃 모양의 불꽃이 하늘을 장식했다. 불꽃은 마치 줄기 끝에서 큰 잔처럼 꽃잎이 확 펴지는 모양이었다. 주변에서 불꽃의 빛이 약해지더니 차가운 푸른색이나 보라색이 되었다. 마치 베고니아, 아니 좀 더 정확히 말하면 국화 같았다.

"이제 끝난 거야?"

쥘리앵이 물었다.

이제 불꽃놀이도 할 만큼 했다. 폭죽의 화약 냄새가 나는 구름 같은 연기가 느껴졌다. 마지막 한 발로 쏘아올린 불꽃도 이내 사라졌다. 하늘 전체가 붉게 물든 것 같았다. 불꽃이 터질 때 나던 커다란 소리가 아직도 가슴에서 울려 퍼졌다. 불꽃놀이는 하늘을 꽃으로 장식하는 놀이가 전쟁에 가까웠다. 포탄, 유산탄처럼 불꽃이 여기저기서 터져 나왔다. 뭐라고 느끼기 힘든 커다란 불꽃

속에 세상이 사라지는 것 같았다.

쥘리앵이 내 곁에 바싹 붙었다.

'별, 꽃, 전쟁. 인간의 삶을 제대로 요약한 표현이 아닌가!'

나는 속으로 생각했다.

기원의 수수께끼, 아름다움과 사랑에 이끌리는 마음, 우리 마음속에 잠자고 있는 살인적인 폭력. 순간적인 불꽃 공연이 이 좁은 공간에서 벌어졌다.

난 쥘리앵의 머리카락을 쓰다듬었다. 쥘리앵의 머리카락은 정말 부드러웠다.

7월 22일 토요일

무한한 편안함

캠핑에서 쥘리앵과 나는 이미 평소의 생활방식으로 돌아와 있었다. 여행 때마다 그렇지만 며칠 만에 원래의 우리 일상대로 하고 있었다.

아침마다 우리는 아이스박스를 모래가 섞인 길에서 바닷가까지 맨발로 끌며 갔다. 그리고 부두에 앉았다. 물속 여기저기에는 반투명의 흰색 물고기들이 있었다. 아직 오전 10시도 안 되었는데 벌써부터 더웠다. 그나마 바람이 불어 땀을 식힐 수 있었다. 부드러운 안개가 완만한 산 주위를 감쌌다.

난 아이스박스에서 생수와 물컵 두 개, 수박 한 덩어리, 딱딱한 비스킷을 꺼냈다.

쥘리앵은 물속에 발을 담그고 비치볼 놀이를 하는 아이 두 명을 정신없이 바라보고 있었다. 비치볼 놀이를 하는 아이들은 구루병 환자로 얼굴에 여드름이 많았다. 두 아이는 고무로 된 비치볼을 서로 던졌는데 비치볼이 땅에 떨어지는 경우가 거의 없었다. 아주 규칙적으로 일정하게 비치볼을 주고받는 아이들은 연습을 오랫동안 한 것 같았다. 휴가를 가면 재미있는 게 있었다. 사람들이 이 기간 동안 쓸데없고 눈에 잘 안 띄는 재능을 보여준다는 것이었다.

한 커플이 바닥에 수건을 깔고 일광욕을 하고 있었다. 커플은 모두 금발로 독일 사람 아니면 네덜란드 사람 같았다. 20대인 듯 아주 젊어 보였다. 새로운 느낌이었다. 마틸드가 떠나버린 후로 난 사랑하는 남녀 커플을 보면 부러워 죽겠다는 시선을 보냈다. 특히 생기가 넘치는 젊은 커플들을 보면 증상이 더 심해졌다. 바닷가의 젊은 커플은 남들 눈은 아랑곳하지 않고 키스를 했으며, 섹시한 눈길로 서로를 흘끗 쳐다보거나 손을 잡았다. 저 커플이 부러웠다. 두 사람은 함께 기쁨을 나누고 있었다. 나로서는 경험할 수 없는 기쁨 같았다. 마치 솔로부대처럼 말이다.

"저런 라켓 사주면 안 돼, 아빠?"

"모르겠어······."

"빨리, 너무 갖고 싶단 말이야."

"우선 배드민턴부터 연습해. 배드민턴이 더 쉬워."

"싫어, 배드민턴은 지겨워. 너무 어렵단 말이야. 저 라켓 같은 거 갖고 싶어."

　네덜란드 사람처럼 보이는 아까 그 커플이 튜브형 선크림을 꺼냈다. 여자는 엎드려 있었고, 남자는 여자의 비키니 끈을 풀어주고는 여자의 엉덩이 위에 앉았다. 포동포동한 여자는 모래사장으로 휩쓸려온 물개 같았다. 여자는 내가 보기에도 매력적이었다. 섹스에 대한 금단증상이 나타났다. 남자는 손에 선크림을 짜서는 여자에게 발라주기 시작했다. 잠깐, 나나 독자 여러분과 달리 남자는 단순히 선크림을 발라주는 것으로 끝내지 않았다. 그래, 남자는 선크림을 마치 올리브유나 마사지용 향유크림처럼 사용하고 있었다. 남자는 여자의 어깨를 살살 부드럽게 매만져주었다. 그리고 옴폭하게 들어간 허리 부분을 크림으로 계속 발랐다. 남자의 손은 점점 허리 쪽으로 갔다. 이따금 남자는 물개 같은 여자와 말을 주고받았다. 여자는 가만히 엎드려 있었다. 떨림도 느껴지지 않았다. 그야말로 무한한 편안함이었다.

　"라켓은 어디서 살 수 있어?"
　"자, 쥘리앵, 이미 말했잖아……."
　"사달라는 게 아니라 그냥 어디서 살 수 있냐고 물어본 건데."
　"어……, 그래."
　"어떤 가게에서 살 수 있어?"
　"바닷가 가게."
　"바닷가 가게 같은 건 없어."
　"있어. 관광객을 대상으로 하는 특별한 가게야."

"바닷가 가게에서는 또 뭘 파는데?"

이제 커플의 역할이 바뀌었다. 이번에는 남자가 바닥에 배를 깔고 엎드렸다. 여자가 남자 옆에 앉았다. 여자는 전반적으로 체격이 좋았지만 가슴은 그렇게 크지 않았다. 여자의 가슴은 큰 통에 평평하게 달려 있는 달걀 두 개처럼 보였다. 여자의 뱃살이 접혔다. 여자는 튜브에서 선크림을 많이 짜서는 발라주었다. 여자가 남자의 등에 선크림을 발라주는 행동은 부드럽지도 않았고 정성도 없어 보였다. 그냥 감자튀김 상자 안에 케첩을 쏟는 것처럼 건성이었다. 이어서 여자는 남자의 등 위에 손가락 자국을 남기며 대충 선크림을 다시 발랐다. 여자는 남자의 어깨 부분에는 선크림을 바르지 않고 그냥 지나갔다. 여자는 입술을 꽉 깨물고 있었다. 남자의 어깨에 여드름 자국이라도 있는 걸까? 여자의 모습은 마치 젊은 시절의 무도회 이야기를 들려주는 노인을 살살 닦아주는 간호사 같았다.

"자, 아빠, 바닷가 가게로 갈 거야?"

"그래."

"약속한 거야?"

7월 23일 일요일

손톱 아래 가시

　이번 휴가에 쥘리앵이 읽을 만한 책을 한 권도 가지고 오지 않았다. 그래서 저녁마다 텐트에서 나는 쥘리앵을 재우기 위해 옆에 엎드려 이런저런 이야기를 해주었다. 난 점점 이야기를 지어냈다. 쥘리앵은 손전등 스위치로 장난을 쳤다. 손전등에서 동그란 모양의 빛이 나와 이글루처럼 생긴 우리 텐트를 비추었다. 오늘 저녁에 내가 쥘리앵에게 들려주는 이야기에는 인도의 한 마을에 사는 어린 고행자 '벤지' 가 주인공으로 등장했다.

　"벤지는 여전히 불안하고 걱정이 되어 견딜 수가 없었어. 다음 주 토요일에 학교에서 아주 어려운 시험을 봐야 했거든. 잉걸불이 뭔지 아니? 아주 빨갛고 뜨거운 나무 조각으로 불이 꺼질 때까지 남아 있지. 벤지는 20미터 길이로 깔려 있는 잉걸불 위를 걸어야 하는 시험을 봐야 했어."

"얏!"

잔인한 이야기가 나올수록 쥘리앵은 재미있어했다.

"우선 벤지는 할머니에게 어떻게 하면 좋겠냐고 물었어. '저기, 할머니, 불에 안 데려면 어떻게 해야 해요?' 벤지의 할머니는 치료사였어. 할머니는 우윳빛 액체가 나오는 신통한 풀에 발을 비비면 불에 데지 않을 거라고 했어. 하지만 벤지는 믿을 수가 없었지. 풀의 효험을 믿을 수가 없었거든. …… 더구나 예전에 할머니가 풀을 달여서 끓여준 탕약도 전혀 효과가 없었고 말이야."

"풀은 괜찮은데. 아냐, 아냐……."

"그래서 이번엔 할아버지를 찾아갔어. 할아버지는 시험 전날에 얼음이 가득한 양동이에 발을 넣고 자면 발의 온도가 많이 낮아질 거라고 했지."

"그것도 좋은 생각이네."

"하지만 벤지는 할아버지가 알려준 방법도 마음에 들지 않았어. 겁이 많았던 벤지는 발이 얼어버릴까 봐 무서웠거든. 결국 벤지는 삼촌을 찾아갔지. 삼촌은 다른 마을에서 목공소를 운영하고 있었어. 삼촌은 피부와 똑같은 색깔의 여린 갈색 나무로 발판을 만든 다음, 그것을 아주 가는 나일론 실로 발바닥에 붙이라고 했어. 벤지는 삼촌이 알려준 방법이 마음에 들었어. 시험이 있는 날, 벤지는 자기 차례가 돌아오기 몇 분 전에 몰래 화장실로 가서 나무로 만든 발판을 발바닥에 붙였지. 발판은 가볍고 잘 구부러졌어. 두께도 0.5센티미터밖에 안 되었어. 어떻게 생각하니? 벤지는 시험에서 성공할까?"

"응."

"자, 보자. …… 마을의 악대가 키타라와 트럼펫을 불었어. 사람들도 많았지. 드디어 벤지 차례가 되었어. 벤지는 숨을 참았어. 그 다음에 벤지는 잉걸불 위를 천천히 걸어갔지. 그런데 벤지가 미처 생각하지 못한 게 있었어. 나무는 불에 탄다는 걸 잊은 거지. 벤지의 발판에 불이 붙은 거야. 벤지는 미친 사람처럼 몸을 흔들며 잉걸불 위를 재빨리 달려갔어. 마침내 잉걸불이 깔린 곳을 끝까지 달려가 재빨리 강물 속으로 뛰어들었지. 사람들은 깔깔거리며 웃고 난리가 났어……."

벤지에게 또 다른 시험이 있었어. 못이 박힌 나무판 위에서 잠을 자야 하거나 유리잔을 씹어서 먹는 시험이었지. 스승은 인정사정 봐주지 않고 벤지에게 무시무시한 시험만 시켰어. 붉은 개미 집 위에 누워 있기, 바늘로 양쪽 뺨을 뚫고 가기, 세 시간 동안 눈을 깜빡이지 않기, 손톱 아래에 가시들을 찔러 넣기, 5미터 높이에서 다이빙해 물이 담긴 대야 속에 들어가기, 끓는 기름 한 사발 마시기. 또 뭐가 있더라?

이야기를 다 해주려면 일주일은 걸릴 것 같았다. 왜 쥘리앵에게 어린 수도승의 이야기를 해주었는지 마침내 이해가 되었다.

상상은 우연히 나오는 게 아니었다. 아무거나 머릿속에 떠오르는 것을 이야기하는 듯해도 사실은 원래 잠재되어 있던 강박관념을 표현하는 것이다. 나 역시 인도의 수도승처럼 요즘 엄청나게 불안했다. 마틸드가 없어서였다. 매번 마음이 무겁고 괴로웠다. 마음의 고통을 이겨내야 했다. 사랑이라는 붉은 잉걸불 위를 맨발로 걷는 느낌이었다. 이 고통에서 어떻게 벗어날 수 있을까? 어떤 나무 발판이 있으면 이 고통스런 사랑의 잉걸불 위를 무사히 걸어갈 수 있을까?

7월 24일 월요일

도마뱀은 희한했다

"아빠, 도마뱀 꼬리 잡게 도와줄 수 있지?"

바닥에 소나무 껍질이 깔려 있고 희귀한 나무들이 늘어서 있는 길 위를 쥘리앵과 함께 걸었다. 우리는 브리사고 섬, 수목원에 있었다.

그런데 왜 내가 쥘리앵에게 도마뱀에 대해 이야기해주었을까? 도마뱀의 꼬리가 잘 잘리고 다시 자란다는 이야기를 왜 해주었을까? 내가 그 이야기를 해준 뒤로 쥘리앵은 도마뱀 꼬리를 직접 확인해야겠다는 생각만 했다.

"자, 아빠, 도와줄 거지?"

섬은 커다란 녹색 도마뱀 천지였다. 바닥으로 눈만 돌리면 느긋하게 햇볕을 쬐고 있는 도마뱀 두세 마리는 기본으로 볼 수 있었다. 난 도마뱀에게 다가갔지만 그 도마뱀은 덤불 속으로 사라져버렸다. 쥘리앵도 날 따라 하며 도마뱀을 잡으려고 했으나 허사였다. 그러나 쥘리앵과 나는 포기하지 않았다. 계속 실패했지만 말이다.

열두 번 정도를 실패하자 난 방법을 바꿔보기로 했다. 도마뱀을 잡으러 쫓아가는 대신 위에서 뛰어내려 덮치기로 한 것이다. 바위 위로 올라간 나는 돌이 가득한 땅바닥을 보았다. 땅바닥에는 징그러운 도마뱀들이 신나게 기어 다니고 있었다. 도마뱀은 희한했다. 꼼짝하지 않는 것 같은데도 엄청나게 빨랐다. 겉모습은 둔탁한 공룡이지만 녹색의 '날쌘돌이'였다.

자, 가까이에 도마뱀 한 마리가 있었다. 좋았어. 난 조용히 다가갔다. 바위 위를 걷고 있어서 도마뱀보다 40센티미터 높은 곳에 있었다. 난 '탁' 소리를 내며 아래로 뛰어내렸다. 이런, 이번에도 놓쳤다. 도마뱀은 비탈길로 도망가 버렸다.

아니다, 완전히 실패한 건 아니었다. 도마뱀은 뒷발로 일어서 도망갔지만 꼬리가 내 샌들 아래에 있었다. 난 발을 움직였다. 도마뱀의 꼬리가 돌 틈에 끼였다. 얼마나 많이 잘랐는지 꼬리 전체를 다 자른 것 같았다. 내 발 아래에 커다란 도마뱀의 꼬리가 있었다.

"도마뱀 꼬리가 잘린 건가?"

"모르겠어."

"쥘리앵, 내 가방 좀 갖다 줘."

검은색 캡을 쓴 쥘리앵이 걱정스런 눈으로 쳐다봤다.

쥘리앵이 내 배낭을 가지러 갔다. 배낭은 여기서 몇 발자국 떨어진 곳에 있었다. 난 주머니를 뒤졌다. 젠장, 스위스 칼은 아이스박스에 있었다. 하지만 보자. …… 그래, 지갑 안에 전화카드가 있었지. 마틸드에게 전화할 때 사용하는 전화카드. 플라스틱으로 된 전화카드는 딱딱하기 때문에 가장자리로 굵은 도마뱀 꼬리를 자를 수 있을 것 같았다. 난 몸을 숙여 전화카드로 도마뱀 꼬리에서 굵은 부분을 잘랐다. 조금씩. 돌 틈에서 꼬리를 꺼냈다. 파닥파닥 움직이는 도마뱀 꼬리가 모습을 드러냈다. 전리품이 우리 눈앞에 있었다. 고마워 스위스 텔레콤, 고마워 마틸드, 도마뱀의 잘린 꼬리를 가질 수 있게 되었다.

쥘리앵은 기뻐하며 춤을 췄다.

7월 26일 수요일

창고를 만들고 있어

눈부신 햇살이 문을 지나갔다. 돌마다 밝은 아침 햇살로 하얗게 빛났다.

테라스에 있는 티크 나무 탁자 위에는 와인 자국과 빵 부스러기, 수박씨가 있었다. 숯불에 조금 남아있는 재가 여전히 타고 있었다.

난 흙길을 걸어 올리브 나무들이 자라고 있는 곳으로 갔다. 그곳은 롬브리, 볼록 솟은 스펠로 언덕 위에 있는 작은 마을이었다. 숙부는 양 우리였던 곳을 저택으로 바꿔놓았다. 석유 엔지니어였던 숙부는 세계 곳곳을 많이 다녔다. 하지만 그는 햇빛이 가득한 천국 같은 이곳에서 노년을 보낼 계획을 세웠다.

쥘리앵은 아직 자고 있었다.

올리브 나무들이 보이기 시작했다. 300년 이상 된 것들도 있다고 숙부가 자랑스럽게 이야기해준 적이 있었다. 300년 이상 된 올리브 나무라면 프랑스 혁명 때도 있었던 게 아닌가. 나무 밑동 아래에는 검은색 개미들이 기둥을 이루고 있었다. 개미들은 작은 개미집으로 밀려 들어가고 있었다. 난 잠시 녀석들이 왔다 갔다 하는 모습을 관찰했다. 나뭇잎, 부스러기, 애벌레처럼 생긴 흰색 덩어리를 들고 가는 개미들도 있었다. 녀석들은 한 치의 흐트러짐도 없이 열심히 움직이며 먹이를 모으고 있었다.

마른기침 소리가 들렸다. 난 다시 앞으로 걸어갔다. 숙부가 보였다. 반바지에 약간 바랜 폴로셔츠를 입고 있는 그는 흙손을 들고 있었다. 오전 8시였다. 공기가 맑고 상쾌했다. 숙부가 아침마다 눈을 뜰 때 바라는 건 오직 이런 맑은 공기였다. 매미들은 충분히 사랑을 즐겼는지 노래를 계속하지 않았다. 숙부는 손으로 시멘트를 만지고 있었다. 그의 벽은 뭐랄까? 20미터 높이쯤에서 약간 비스듬히 올라가며 기울어져 있었다.

"잘 잤니?"

"뭐 만들고 계신 거예요?"

"창고를 만들고 있어."

"뭐 하시려고요?"

"정원 일에 사용하는 도구들을 정리해 넣어두려고. 도구들이 집 안을 너무 많이 차지하고 있어서."

난 어리둥절해하며 숙부를 바라보았다. 그의 다리는 예전보다 많이 가늘었다. 주근깨와 헝클어진 털이 여기저기 삐져나온 숙부의 다리는 마치 잔가지처럼 빼빼 말랐다. 그는 아주 큰 장화를 신고 있었다. 무릎은 푹 꺼졌고 피부는 닭살처럼 우툴두툴했다. 다리도 나이를 비켜가지 못했다.

숙부는 여전히 아내와 섹스를 할까? 예전에는 깔끔한 영국 신사처럼 옷을 입었던 그가 지금은 수염을 덥수룩하게 기른 채 파이프 담배를 물고 있고, 눈썹 숱도 덥수룩하게 나 있으며, 오랫동안 단식을 한 수도자처럼 비쩍 말랐다. 어쩌다 이렇게 되었을까?

숙부가 흙손을 들고 있는 모습만 봐도 힘이 없었다. 어쩐지 그가 창고를 다 짓지 못할 것만 같았다. 숙부가 창고를 지으려는 곳은 올리브 나무 숲 한가운데로 집에서 600미터쯤 떨어져 있었다. 창고를 짓는 데 사용하는 벽돌도 쓸모없어 보였다. 이런 벽돌은 간단한 오두막집을 짓는 데나 적당했다. 창고의 기초 공사도 허술해서 벽은 이미 기울어져 있었다. 그렇게 지적이고 합리적이던 숙부가 어쩌다가 잘 하지도 못하는 건축 일을 하고 있을까? 그리고 유럽 곳곳에 돈을 예치해놓은 그가 어째서 기술자를 부르지 않고 직접 창고를 짓고 있는 것일까? 도대체 그는 어떤 괴로움을 겪었던 걸까? 궁금했다. 안정된 생활이 그토록 지겨웠던 것일까?

"도움이 필요하시면 언제든지 말씀하세요."

"아니, 괜찮아. 시간은 충분해."

그럴 줄 알았다. 숙부는 고집스럽게 혼자서 힘든 노동을 하고 싶어했다.

난 계곡을 감상했다. 계곡에는 올리브 나무들이 듬성듬성 나 있었으며, 들판의 밀들은 황금색으로 물이 들었다. 날카로운 실편백은 뾰족하게 위로 나 있었다. 저 너머로는 언덕들이 바람결에 물결처럼 일렁이고 있었다.

"아름답지 않니?"

숙부가 숨이 가쁜 듯 헐떡이며 말했다.

"예, 정말 아름답네요. 하지만 전 여기서 살 수 있을지 모르겠어요."

"왜?"

"아름다운 것을 보면 현실 같지가 않고 꿈 같아서요. 사람들은 모두 완벽한 곳에서 살고 싶어하지만 정말로 견딜 수 있을까요? 제가 만약 여기서 살게 된다면 미래에 대해 아무런 기대를 하지 않을 것 같아요. 고독 속에서 절 찾으려 하고, 활기도 친구도 없이 살겠죠. 푹 틀어박혀 살 것 같아요. 죽은 사람처럼 꼼짝도 하지 않을 것 같고요. 예, 그래요. 완벽한 이상이란 도대체 뭘까 의심이 가요. 인간은 자신을 보호하려고 요새를 지으려 하죠. 예상치 못하는 불상사를 피하겠다고 되레 소문에 신경 쓰고, 속물적인 삶에서 벗어나려고 하다 보니 결국 숨이 막히게 되죠. 지금 전 다른 목표를 추구하고 있어요. …… 가능한 자유와 이동에 제한을 두고 싶어요."

물론 이 말은 숙부에게 하는 것이 아니었다. 르네상스 시대의 그림 같은 풍경을 자랑하는 이곳을 두고 하는 말도 아니었다. 마틸드와 함께 페론에서 보냈던 나날을 생각하며 말하고 있는 거였다.

숙부는 모자를 올려 이마의 땀을 닦았다. 그의 맑은 푸른색 눈은 빙하처럼 투명했다. 눈에서 눈물 같은 것이 언뜻 보였다.

7월 27일 목요일

물닭들을 향해 바로 돌진했다

내가 왜 수영복을 벗었을까?

여름이었기 때문이다.

뜨거운 태양빛을 피부로 느껴보고 싶었다. 그리고 빛과 산소, 열기를 직접 접촉해보고 싶었다. 일 년 중 지금과 같은 휴가철에는 자연과 만날 수 있었다. 게다가 휴가철에는 야하게 노출한 여자들을 볼 수 있는 시기였다. 하지만 안타깝게도 휴가철은 후딱 지나갔다. 수영과 일광욕이 없는 여름은 여름도 아니었다. 노출이 없는 여름도 진정한 여름이 아니었다.

그리고 파트너가 없다고 해도 휴가철에는 성적인 접촉을 할 수 있지 않은가?

난 아무것도 걸치지 않은 알몸으로 자전거 페달을 밟았다.

두 시간 동안 자전거를 타고 쥘리앵과 함께 온 피에딜루코 호수는 실망스러웠다. 호숫가에는 개인 해변과 저택들이 있었지만, 호수는 짝퉁 해수욕장일 뿐이었다. 뭔가 허전해 보이는 호수는 오염 문제 때문에 수영이 금지되어 있었다. 일광욕을 하는 여자들, 잔디에서 축구하는 아이들, 아이스크림을 파는 장사꾼들, 유람선, 이런 건 전부 짭짤하고 오염된 바다 주변에서나 볼 수 있는 거였다.

"아빠, 꼬추에도 햇빛을 쬐려나 봐."

쥘리앵은 내가 알몸으로 있다며 놀려댔다.

자전거를 탄 쥘리앵과 난 이제 호수에서 500미터가량 떨어진 곳까지 와 있었다. 피서객들의 눈에 띄지 않는 곳이었다.

"아냐, 엉덩이를 조금 내놓으면 건강에 좋거든. 그렇지 않으면 엉덩이는 늘 수영 팬티와 바지 속에 갑갑하게 있어야 하잖아."

"에이, 말도 안 돼. 어쨌든 난 수영복을 입고 있을래."

"마음대로 해라. …… 아, 저기 좀 봐!"

검은색 물닭들이 덤불에서 튀어나왔다.

"가서 잡을까?"

우리가 탄 자전거가 물을 '찰싹찰싹' 치며 달렸다. 우리는 물닭들을 향해 바로 돌진했다. 우리의 등장에 겁먹은 물닭들이 소스라치게 놀라며 흩어졌다. 자전거는 물살을 갈랐고, 물닭들은 꼬꼬댁거리며 갈대 속으로 사라지거나 물속으로 들어갔다.

난 갈대 하나를 꺾어 쥘리앵에게 주었다.

"자, 이것을 검으로 사용할 수 있지."

갑자기 내 등 뒤로 부르릉거리는 소리가 들렸다. 커플이 타고 있는 모터보트가 우리가 있는 곳까지 왔다. 그들은 날 보더니 깜짝 놀라는 표정을 지었다. 그들은 커다란 선글라스를 끼고 있었지만, 어떤 표정을 짓고 있는지 짐작할 수 있었다. 남자는 어이없다는 듯이 고개를 흔들었고, 여자는 날 뚫어져라 바라봤다. 이미 그들이 탄 보트는 저 멀리 가고 있었다.

아들과 함께 있던 나는 벗은 모습을 사람들에게 들켜버렸다. 그런데 왜 그 순간 창피한 마음이 들었을까?

7월 28일 금요일

나보고 여자에게 손을 대라고?

불빛을 보고 모기들이 몰려들었다. 모기들은 쥘리앵과 내 주변에서 윙윙거리며 춤을 추듯 날아다녔다.

탁자에는 리몬첼로 음료수 병이 놓여 있었다. 하늘을 쳐다보니 정말로 칠흑 같은 밤이었다. 검은색 구름들이 끼어서 그런지 별은 보이지 않았다. 박쥐가 날개를 비비는 소리와 고양이가 '야옹' 거리는 소리 외에는 정원에서 아무 소리도 들리지 않았다.

탁자에 앉아 있던 숙부가 여러 와인 병을 살펴봤다. 이탈리아 북부산 와인 바르바레스코, 바르베라 달바, 맛좋은 바롤로가 이어졌다. 자줏빛의 와인들은 맛이 정말 다양했다. 나무 궤짝에 넣어둔 것 같은 맛의 와인, 월귤나무 맛이 나는 와인, 약을 탄 것 같은 와인, 연기 맛이 나는 와인, 단맛이 나는 와인. 온몸에 따뜻한 취기를 일으키는 와인이 좋았다. 속이 쓰린 건 싫었고 온몸에 가볍게 퍼지는 취기가 좋았다. 숙부와 결혼한 러시아 여자 옥사나와 딸 소냐가 일어나 잠자러 갔다. 숙부와 나 둘이서 레몬향이 나는 와인을 벗 삼아 남아 있었다.

  옥사나는 키에프 가까이에 있는 가난한 작은 마을에서 태어났다. 키가 크고 운동을 좋아하며 가슴이 봉긋이 솟아 있고 녹은 눈처럼 새하얀 피부를 지닌 그녀는 전형적인 슬라브족 사람처럼 차가워 보였다. 어린 시절의 크리스마스 때까지 기억을 더듬어봐도 옥사나 숙모가 웃는 모습은 단 한 번도 본 적이 없었다. 미소도 지은 적이 없었다. 그녀의 입술은 가늘고 핏기가 없이 창백했다. 옥사나는 머리를 틀어올렸는데, 그 머리 모양이 마치 메두사의 뱀들이 엮이어 있는 것처럼 보였다. 숙부가 그녀를 어떻게 생각하는지 전혀 알 수 없었다. 반듯함 그 자체인 숙부가 이렇게 타산적인 결혼을 할 줄은 몰랐다.

  열일곱 살 된 소냐도 참 희한했다. 앞니에 치아 교정기를 두르고 벨벳 머리띠를 한 소냐는 못생긴 얼굴이었다. 게다가 대단히 영악하기까지 했다. 이 집에 머문 첫날 아침에 이런 일이 있었다. 내가 샤워를 하고 막 나왔는데, 그 순간 바로 소냐가 욕실로 들어갔다. 오늘만 해도 아까 저녁 먹을 때 소냐가 내 등에 손을 넣더니 피가 나도록 꼬집고는 쥐처럼 '히히히' 하고 웃었다. 아마 소냐 나이 때는 바보 같은 짓을 하겠지. 그건 그렇고 숙부의 가족 분위기가 심상치 않았다. 뭔가 문제가 있는 것 같았다. 숙모와 숙부 사이에는 시베리아처럼 냉기가 돌았다. 얼음처럼 차가운 집안에서 소냐는 제멋대로 굴었고 생각나는 대로 행동했다. 소냐는 정신없이 돌아다니고, 한시도 가만있지 못했으며, 소리 지르고 막가파식으로 버릇없이 굴었다. 소냐는 애정이 결핍된 황무지 같은 집안에서 자라고 있었다.

숙부는 와인병을 우울하게 쓰다듬었다. 와인병 위로는 물기가 흐르고 있었다.
"말해줄 게 있다. 그런데 네가 입이 무겁다고 믿어도 될까?"
난 숙부에게 믿음을 주려고 눈썹을 찡긋 올렸다. 내가 얼마나 조심스런 사람인데 숙부는 나를 의심하는 것일까? 숙부는 탁자 위에 양팔을 올리더니 내게로 가까이 와 귓속말을 했다.
"사실, 창피한 이야기야."
"해보세요."
"아니, 해야 할지 모르겠다."
"지금 숙부를 보니 꼭 털어놔야 될 이야기 같군요."
"그래, 좋아. 차마 입 밖으로 꺼내지 못할 이야기지. 내 친구들도 절대 이해 못할 거야. 날 놀리겠지. 난 웃음거리가 되고 말거야. 넌 내가 무슨 말을 해도 놀리지 않을 거지? 알렉상드르, 넌 정말 비밀을 잘 지키지?"
"말씀해보세요. 진지하게 들어드릴게요."

"사실, 난 아내에게 맞고 살아."

신경질적으로 웃음이 나왔다.

"약속했잖니. 제길, 벌써부터 날 놀리고 있구나."

"아니에요, 숙부. 걱정 마세요. 말씀하시는 어투 때문에 웃음이 나온 거예요. 숙부의 모습을 보면 꼭 제게 범죄를 고백하는 것처럼 보여요."

"진짜 범죄야. 농담이 아니라고. 옥사나가 날 때려."

"오래되었나요?"

"그러니까 보자……. (숙부가 손가락으로 세었다). 4년 내지 5년 됐어. 소냐가 중학교에 입학했을 때부터 시작되었으니까."

"숙모가 숙부를 때리는 것과 소냐가 입학한 것이 관계가 있나요?"

"어……, 아니, 어떻게 관계가 있을 수 있니?"

"저도 모르겠어요. 하지만 숙모가 청소년이 된 딸 소냐를 질투했을 수도 있고, 아니면 숙모는 숙부가 소냐와 부적절한 관계를 맺을까 봐 두려워했을 수도 있죠."

"내가 한마디 할까? 이제보니 너 정말 변증법론자가 되었구나. 그래, 정말 그래. 난 지금 이야기를 상상해서 지어내는 게 아냐. 심리학 이야기를 하는 것도 아니고 헛소리를 하는 것도 아냐. 내 아내가 날 때린다고. 그 못돼먹은 여자가……."

숙부가 '그 못돼먹은 여자가'라는 말을 했을 때, 그의 숨결이 느껴졌다. 뜨겁고 술 냄새가 났다.

"어떻게 때리는데요."

"때에 따라 달라. …… 주로 손으로 많이 때려. 손등으로 때리지."

숙부가 탁자를 쾅하고 쳤다.

"이런 식으로 내 등이나 옆구리를 때려. 내가 잘 때 불시에 이렇게 때린다고."

"아, 예. 그러다가 어느 순간에 잠에서 깨시나요?"

"그 여자가 내 얼굴에 닥치는 대로 물건을 던질 때 잠에서 깨지. 접시, 냄비 같은 것. 한번은 내 팔에 칼을 꽂은 적도 있어."

그는 슬픈 표정을 지으며 고개를 절레절레 흔들었다. 그의 눈에는 다크서클이 있었고, 그동안의 고통을 드러내듯 주름도 깊게 파여 있었다.

"그러면 숙부도 방어를 하고 숙모를 때리나요?"

"나더러 여자에게 손을 대라고? 지금 무슨 소리를 하는 거냐?"

"하지만 숙모가 제멋대로 폭력을 휘두르잖아요."

"그렇다고 나도 때리면 안 되지. 같은 상황이 아냐."

인간의 광기, 서로 악착같이 싸우는 인간의 모습은 내게 분노가 아니라 참기 힘든 연민을 일으켰다.

"그리고 난 아내를 아주 잘 알아. 본심은 나쁜 사람이 아니야."

"냉정한 성격이겠죠."

"아니, 그렇지 않아. 작은 슈크림 같은 여자야. 하지만 너무 극과 극이지. 너무 차갑거나 너무 뜨겁지. 불쌍한 그 여자는 어쩌지를 못해. 옥사나는 힘든 어린 시절을 보냈어. 그래서 날 때리지. 부모님이 옥사나를 한겨울에 바깥에 있는 화장실에 가뒀다고 하더군. 러시아의 겨울을 상상해봐라! 옥사나는 그렇게 자랐어. 그래서 때리는 것 외에는 다른 소통 방식을 몰라. 폭력이 언어지. 때리면서 나름 애정을 표현하는 거야."

"설마요."

"넌 어떤 생각을 하는데? 사랑을 하면 언제나 애무를 하고 다정한 말을 주고받는다고 보니? 그래? 그게 전부라 생각하겠지. 하지만 욕설을 퍼부으며 애정을 표현하는 사람들도 있고, 돈을 주며 애정을 표현하는 사람들도 있어."

"매질을 하며 애정을 표현하는 사람들도 있다는 거군요."

"그래, 안 될 거 있니? 법으로 금지된 것도 아닌데."

난 와인 잔을 비웠다.

"한때는 인간을 이해한다고 생각했어요. 그런데 경험을 하면 할수록 인간은 이해 불가능한 존재라는 것을 알게 돼요. 인간의 애무에는 은밀하고 어두운 부분, 비뚤어진 생각이 너무 많아요. 그러니 이런저런 사람들이 존재하겠죠. 제 혈관 속에 에탄올 분자가 있다는 것만큼 확실한 사실이죠."

내가 말했다.

7월 30일 일요일

50센티미터

"이봐, 알렉상드르, 기다려!"

100미터 뒤에서 마틸드가 큰 소리로 불렀다. 엄청나게 더운 날이었다.

쥘리앵이 마틸드 쪽으로 달려갔다. 멀리서 쥘리앵이 재잘거리는 소리가 들렸다.

"엄마 필요 없어. 아빠랑 있고 싶어."

난 로마의 넓은 4차선 도로를 따라 걸어갔다. 여름 아침이라 그런지 자동차도 없고 활기도 없었다. 도로는 한산했다. 햇빛이 내리쬐는 도로에는 먼지가 풀풀 날렸다.

난 빠른 걸음으로 걸어갔다.

마틸드가 헉헉거리고 숨차하며 날 쫓아왔다. 지금 마틸드는 1미터 뒤에 있었다. 난 주머니에서 지갑을 꺼내 열었다. 그리고 50유로 지폐 한 장을 꺼냈다.

"자, 이 돈이면 쥘리앵과 즐겁게 지낼 수 있을 거야. 좋은 하루. 차우(이탈리아어로 안녕의 의미)."

신호등이 빨간 불로 바뀌었지만, 난 길을 건넜다. 내 등 뒤로 큰 소리가 났다.

"싫어."

뭐야, 무슨 일이야?

마틸드가 내 뒤에서 미친 듯이 화를 내며 소리 지르고 있었다.

"난 창녀가 아냐. 당신 아들을 돌봐달라고 돈을 주다니, 이게 뭐야. 당신을 만나려고 여기 로마에 온 거란 말이야. 당신을 만나려고 열두 시간이나 걸리는 여기에 왔다고. 그러니 지금은 당신이 날 돌봐줘야지."

"말도 안 돼. 오늘 저녁 이후에 당신을 데려다줄 거야. 그러면 당신 휴가도 끝이지. 내가 돈을 지불했으니 가고 싶은 곳으로 가라고. 자, 어서 가, 가라고, 가란 말이야."

"난 아빠랑 있고 싶어."

쥘리앵이 말했다.

마틸드와 내 사이가 왜 이렇게 악화되었는지 설명을 해야겠다. 어제 저녁, 마틸드는 밀라노에 내린 다음 다시 기차를 타고 로마에 도착했다. 쥘리앵과 나는 역에서 그녀를 기다렸다. 그동안 액정 화면에 뜨는 이탈리아 광고들을 보고 있었다. 마침내 기차가 도착했다. 기차 아래쪽 칸에서 그녀의 모습이 보였다. 거미처럼 야윈 마틸드. 살이 2~3킬로그램은 더 빠진 것 같았다. 밀랍, 새똥 같은 색의 얼굴빛도 건강해 보이지 않았다.

"안색이 안 좋군."

내가 마틸드에게 말했다.

"정말? 생기있게 보이라고 양쪽 볼을 방금 꼬집었는데."

"어쨌든 창백해. 최근에 잠 잘 잤어?"

"응."

"다른 남자와 잔 거야?"

"아니. 당신이 떠난 뒤로는 다른 남자와 잠자리를 하지 않았어."

"그럼, 내가 떠나기 전에는."

"자, 됐어. 그만해. 이러다 우리 재회 망치겠어."

콜로세움에서 생선요리 전문 레스토랑을 발견했다. 레스토랑 위에는 단단한 쇠로 만든 등이 여러 개 걸려 있었다. 관광객들을 위해 세 가지 언어로 적어놓은 메뉴판도 보였다. 우리는 이런저런 이야기를 나눴다. 마틸드의 일, 쥘리앵과 내가 함께한 여행에 대해 이야기했다. 우리는 서로를 깊이 살펴보고 서로의 마음 안에 자리 잡으려고 애썼다. 하지만 2주 동안 보지 못한데다가 요즘처럼 복잡한 시기에는 어떻게 해야 할지 쉽게 답이 없었다. 우리는 서로에 대해 좀 더 자세히 알아보려고 맞춰보기도 하고 거리를 조정해보기도 했다. 하지만 호텔에 돌아온 뒤 쥘리앵이 잠들자 분위기는 더 악화되었다. 난 마틸드를 꼭 안았지만, 그녀는 나무판자처럼 뻣뻣했다. 그녀의 볼에 입을 맞춰봤지만, 여전히 뻣뻣했다. 이번엔 입술에 키스하려고 하자 그녀가 고개를 돌렸다.

"아니, 안 돼. 혀는 싫어. 못해, 지금은 안 돼."

난 침대 시트 속에 손을 넣어 그녀의 가슴을 잡았다. 파도에 휩쓸린 모래성만 한 가슴이었다. 갑자기 그녀가 이불을 휙 하고 끌어 덮었다.

"싫어?"

"응, 졸려. 기차를 오래 탔더니."

마틸드는 돌아누워 곧바로 잠이 들었다. 난 실망감을 달래며 그대로 있었다. 그녀는 날 보러 2천 킬로미터를 지나왔다고 했지만 나와 사랑을 나누고 싶어하지는 않았다. 왜 그녀의 몸은 내 몸에서 50센티미터란 거리를 늘 유지하는 걸까? 난 그렇게 푹신한 침대 속에서 숨을 쉬고 있었다. 그녀의 몸이 순간 파르르 떨렸다. 잠이 들었다는 증거였다. 쥘리앵은 벌써 코를 골았다. 어린 것이 벌써부터 늙은 주정뱅이처럼 코를 골다니 믿어지지 않았다.

호텔 방은 더워서 후끈거렸다. 실내 온도가 35도는 되는 것 같았다. 내 몸은 땀으로 축축했다. 잠자리에서 일어나 창문을 열고는 티셔츠와 바지를 벗었다. 이렇게 해야만 마음이 편했다.

다음 날 아침 마틸드는 가시 돋친 말투로 짜증을 냈다.

"언제쯤이면 그 짓 안 할 거야?"

"뭘?"

"내 앞에서 홀딱 벗고 돌아다니지 좀 마."

"왜?"

"그건……, 신경 거슬리니까 그렇지. 익숙하지 않다고. 그리고 쥘리앵 좀 생각해줘."

난 피에딜루코 호수에서의 일을 생각했다.

"쥘리앵은 내 아들이야. 쥘리앵에게 나에 대해 뭘 숨기고 싶지 않아."

"좋아. 하지만 난 당신이 그러고 있는 게 싫어. 보기 민망하다고. 민망한 아랫도리 부분을 그렇게 노골적으로 보여주면 쥘리앵이 좋아할 것 같아? 정말 그게 아이를 제대로 교육시키는 거라고 봐? 아이를 생각해서라도 자제해야지."

"정확히 내가 뭘 잘못했다는 거야."

"좀 점잖고 모범적이 되란 말이지. 뭐 경험상 아버지란 남자들에 대해서는 기대를 안 하는 게 낫지만."

"멍청하긴."

10분 후, 우리 세 식구는 거리로 나갔다. 마틸드 때문에 불쾌해진 기분이 쉽사리 가라앉지 않았다. 오히려 점점 더 불쾌해졌다.

마틸드와 쥘리앵에게 인사도 하지 않고 점점 더 빨리 걸었다. 비벤티 세템브레 길을 지나 계속 빨리 걸었다. 젠장, 마틸드와 쥘리앵이 뛰어서 쫓아오고 있었다. 걷기 아니면 까무러치기였다.

난 더 빨리 걸으면서 계획을 세웠다. 목표는 간단했다. 가능한 빨리 심술궂은 여자 마틸드에게서 벗어나는 것이었다.

"진정해. 제발 이러지 마. 쥘리앵 앞에서 싸우지 말자."
마틸드가 내게 말했다.
"우리 사이가 틀어진다고 쥘리앵이 뭐 어떻게 돼? 우린 이미 헤어졌잖아."
"내 말 들어봐, 알렉상드르. 당신이 날 여기로 오라고 했잖아. 당신은 여기 로마를 잘 알지만 난 여기서 어떻게 가야 하는지 전혀 몰라. 안내책자도 읽어보지 않아서 어딜 구경해야 하는지도 모른다고. 자, 이제 같이 걸어가. 나한테 유적지 좀 구경시켜줘. 그렇게 친하지 않은 사람에게도 그 정도는 해줄 수 있잖아. 당신이 전혀 관심 없는 나이 든 아주머니라도 이렇게 한증막 같은 곳에 버려두고 먼저 가지는 않겠지. 하물며 우린 12년을 같이 살았고 아들도 낳았어. 몇 가지 점에서 당신은 내게 고마워해야 해. 난 당신이 있는 곳으로 와서 함께 휴가를 보내기로 했어. 알아, 이제 난 당신과 함께 사는 여자가 아냐. 그러니 여기 이렇게 같이 있어야 할 의무도 없지만 어쨌든 난 당신과 여행을 같이 하기로 했어. 자, 좀 천천히 걸어가. 함께 걷자고."
마틸드가 50유로 지폐를 내 주머니에 쑤셔 넣었다.

같은 날, 한 시간 후
축 처진 세 얼굴

"됐어요. 이딴 거 필요 없습니다."

나보나 피자를 팔러 슬그머니 다가온 세 번째 장사꾼에게 난 화풀이를 했다. 날씨가 더웠다. 관광객들이 원형광장에 몰려 있어서 앞으로 나갈 수가 없었다. 얼룩덜룩한 티셔츠를 입은 사람들 사이에 끼어 오도 가도 못했다. 마틸드의 목소리와 행동에 짜증이 배어 있었다. 쥘리앵은 주변에서 깡충깡충 뛰었다. 우리 셋은 서로 마음이 맞지 않았다.

"비켜요, 제길!"

난 구릿빛 피부에 깡마른 작은 갈색머리 남자에게 신경질을 냈다(어디 출신 남자야? 로마 사람이겠지, 아니면 칼라브리아 사람이거나).

"짜증나. 비켜요. 저리 가요."

구릿빛 피부의 남자가 놀라는 눈으로 날 쳐다봤지만 빨리 가지는 않았다.

"조심해야 할 것 같아, 알렉상드르. 진정해. 그러다 한 대 맞겠어."

난 아무 말도 하지 않았다. 우리 세 식구는 계속 걸어갔다. 1미터를 더 가니 장사꾼이 또 나타났다. 노점 상인이 여기저기 있었다. 하나같이 똑같은 물건을 팔고 있었다. 스트레스 해소용 수제 공. 밀가루를 채운 고무풍선으로 눈 모양의 스티커가 붙어 있고, 머리카락처럼 방울 솔이 달려 있었다. 촌스런 얼굴을 한 공이었다. 그때 쥘리앵이 내 허리띠를 잡았다.

"아빠, 저거 하나 사도 돼요?"

"안 돼."

"왜?"

"쓸데없는 거니까."

"그래도……."

우리 세 식구는 분수가 있는 곳까지 걸어갔다. 영화 〈달콤한 인생La dolce vita〉에서 주연 여배우 아니타 에크베르크가 한밤중에 목욕을 하던 분수였다. 분수의 물이 얼굴에 튀었다. 아름다운 아니타와 함께 대스타 마르첼로 마스트로야니가 출연했다. 로마는 잠자듯 조용했다. 펠리니 감독의 흑백영화에서 묘한 아름다움을 발산하던 분수와 실제로 본 분수는 달랐다. 실제로 이 분수를 보니 이미 디즈니랜드 같은 놀이공원으로 전락해버린 것 같았다.

"잠깐 앉자. 더는 못 가겠어."

마틸드가 분수 앞에 주저앉았다. 그녀의 머리에서 땀방울이 흘러 관자놀이와 벌겋게 익은 양 볼로 떨어졌다.

"아빠, 공 갖고 싶어."

"아빠에게 사드려야 할 것 같은데."

"지금 농담하는 거야, 뭐야?"

"비싼 것도 아니잖아. 겨우 1유로야. 두 시간을 걸었지만 쥘리앵은 투덜대지 않았어. 그러니 공을 사주면 쥘리앵이 좋아할 거고 우리도 마음이 좋잖아. 안 그래?"

"안 그래."

난 가방에서 카메라를 꺼냈다. 왜 카메라를 꺼냈는지는 모르겠다. 분수를 사진으로 찍었다. 어딘가에서 읽었는데, 연구 결과에 따르면 낯선 곳에서 관광객들이 흔히 하는 게 있단다. 유명한 유적지를 사진으로 찍든가, 쓸데없는 관광 기념품을 사든가, 안내 책자에서 추천한 레스토랑엘 간다고 한다. 그렇게 하면 진짜로 여행을 온 것 같고 낯선 곳에 대한 두려움을 쫓을 수 있어 안심이 되기 때문이란다.

그런데 마틸드와 난 서로 안 맞았다. 방법이 없었다. 서로에 대해 모르고 있었다.

"가서 얼만지 보고 올게."

5분 후, 마틸드가 장사꾼과 함께 오는 게 보였다. 장사꾼은 공을 보여주었다.

"봐, 알렉상드르. 안 비싸잖아."

스트레스 해소용 공은 1유로였다. 2유로를 주고 공 두 개를 사면 축 처진 우리 세 식구의 얼굴이 밝아질 것 같았다.

"당신, 돈 있지?"

약삭빠른 마틸드가 선수를 쳤다.

당신이 그렇게 말하니…….

난 마지못해 주머니를 뒤적거려 동전 하나를 꺼냈다.

"비싸지 않으니까 세 개 사도 되겠다."

아빠, 엄마, 아들이 가지고 놀 공. 난 동전 하나를 더 꺼냈다.

장사꾼이 돈을 받고는 공 두 개를 비닐봉지에 넣어주었다. 그리고는 눈 깜짝할 사이에 사라졌다. 장사꾼이 보면 관광객도 그 종류가 가지가지일 게 분명했다. 하지만 우리 세 식구는 그저 좋아라 하는 관광객도, 쩨쩨한 관광객도 아니었다. 실제로 우리는 멍청한 관광객이었다.

1994년 8월

로마, 아모르

묘한 대칭 효과. 마틸드와 만나기 전 여름에 로마에 와본 적이 있었다. 당시 조블렌과 함께 로마에 왔다. 이상한 이름같이 들리겠지만 별명은 아니다. 진짜 이름이 조블렌이다. 조용하고 온순한 부모님이 손수 지어준 이름이라고 했다.

조블렌과 나는 버스를 타고 여행을 했다. 로마에서 15킬로미터 떨어진 고속도로 한 매점에서 버스는 잠깐 쉬었다. 그 기회에 우리는 카페테리아 뒤로 가서 포옹을 했다. 가볍게 입맞춤을 하고 고개를 들어보니 버스가 이미 출발해버린 게 아닌가.

조블렌과 나는 당황하지 않고 히치하이킹을 했고, 우연히 한 노인과 마주쳤다. 노인은 방이 여섯 개 있는 아파트를 열흘 동안 빌려주겠다고 했다. 학기 중에는 학생들에게 세를 주던 집이었다. 중개인을 거치지 않고 그 당시 돈으로 숙박비가 1천 프랑이었다. 뜻밖의 행운이었다.

로마, 아모르Roma, amor.

이 회문(앞에서 읽으나 뒤에서 읽으나 뜻이 통하는 어구)을 보고 우리는 우리의 휴가를 이해했다. 조블렌과 함께 로마 여기저기서 육체적인 사랑을 나눴다. 우리도 청소년처럼 성상 파괴론자였다. 하지만 이번 휴가 때 우리는 신고전주의 양식의 작은 성당, 약간 비스듬한 예배당, 어두침침한 제단, 고해실의 왁스 냄새가 나는 칸막이를 특히 좋아했다. 사랑을 나누기에 좋은 장소였다. 우리는 티브르 강 갈대 숲과 한가한 시간에 한산한 골목길에서 한 몸이 되었다.

아파트에서는 향연이 계속되었다. 아파트에 딸린 여섯 개의 방은 우리의 왕국이었다. 어느 날 밤 조블렌은 올리브유 병을 들고 주방에서 나왔다. 머리에서부터 발끝까지 올리브유를 바른 우리는 미끄러운 타일 위에서 계속 장난을 쳤다. 그리고 우리는 깨끗하게 정리된 침대 위에서 잠이 들었다.

새벽에 문을 열쇠로 두 번 돌리는 소리가 났다. 찰칵, 찰칵. 난 소스라쳐 일어나 몸에 걸칠 것을 찾았다. 집주인인 노인이 우리가 잘 지내는지 보려고 찾아온 것이었다. 방 안으로 들어온 노인은 올리브유 병을 보았다. 방 안은 난리도 아니었다. 조블렌은 벌거벗은 상태였다. 노인은 이탈리아어로 화를 내며 주의를 줬다.

난 우물거리며 죄송하다고 했다.

그런데 가슴이 봉긋한 조블렌이 갑자기 몸을 일으켜 다리를 위로 오므렸다. 발퀴레로 변신한 조블렌. 아무리 우리가 입주자여도 그렇지, 집주인이 예고도 없이 갑자기 집에 들이닥칠 권리는 없었다. 노인은 무언의 계약 규칙을 어겼다. 노인과 조블렌이 이야기를 하는 동안 난 침대 귀퉁이에 앉아 바닥에 있는 올리브유 흔적을 우울하게 바라봤다. 마침내 노인이 양보했다. 당한 건 꼭 복수하고야 마는 조블렌은 다시 쾌활해졌다.

그로부터 3개월 후, 나는 조블렌과 헤어져 마틸드를 만나게 되었다.

조블렌은 불행해져 고등학교를 그만두고 모리스 섬으로 떠나 레즈비언이 되었겠지. …… 하지만 그건 다른 이야기였다.

모든 길은 로마로 통했다.

이제 난 로마로 다시 왔다. 마틸드와의 12년 생활이 '쫑' 난 것을 축하하기 위해.

7월 30일 일요일 (다시), 저녁

대리석 바닥의 성당이 주는 엄숙함

　로마 성 베드로 성당의 대리석 바닥을 걸었다. 대리석 바닥은 진짜 정원이었다. 돌의 무늬들이 뚜렷하고 암녹색인 바닥이 길게 뻗어 있고 분홍색 뺨처럼 아름다운 돌들이 꽃처럼 흩어져 있었다. 흑백의 체크무늬. 황갈색의 배경. 점점 내 발걸음 속도가 느려졌다. 내 얼굴엔 노골적이고 간사한 분위기가 흘렀고 발걸음은 평소와 달랐다. 마틸드가 내 팔을 잡았다. 내 생각을 읽은 그녀는 내 계획을 막았다.
　"안 돼, 제발."
　난 입을 비죽거리며 들은 척도 하지 않았다.
　제국주의 시대 복장을 한 정원의 난쟁이처럼 보이는 일본인들이 무리를 지어 우리 앞을 지나갔다. 즐비해 있는 주랑 맨 끝, 제단 쪽을 보며 두 손을 모아 기도하고 있는 수녀들도 있었다. 난 코르테스처럼 배수진을 치기로 했다. 마지막으로 바보 같은 말을 하기로 한 것이다. 오로지 결합, 아니면 해체밖에 없었다.

"제발, 그러지 마."

마틸드가 계속 말했다.

"마틸드……."

마틸드가 내 손을 꽉 잡았다. 그녀의 손은 마네킹 손처럼 딱딱했다.

"내 아내가 돼주겠어? 나와 결혼해주겠어?"

난 마틸드의 눈을 바라보았다. 세상에는 두 종류의 사람밖에 없다. 눈 색깔을 쉽게 기억할 수 있는 사람과 늘 의심스러워 보이는 사람이다. 마틸드의 눈은 어떤가? 녹색, 아니면 갈색? 아마 갈색일 거다. 그러나 가운데는 녹색이었다. 갈색과 녹색이 섞인 것 같았다.

시간이 지나면서 내 심장 박동은 빨라졌다.

마틸드는 내 손을 놓았다 잡았다 했다. 하지만 그녀가 멀어지게 놔둘 수 없었다. 더 집요하게 밀고 나가야 했다. 그녀에게 물었다.

"어때?"

기다렸다가 마틸드가 어떻게 나오는지 보고 싶었다. 그녀는 입을 꼭 다물고 있었다.

조금 있으면 성 베드로 성당이 문을 닫을 시간이라 이 거대한 공간에 사람이 별로 없었다. 돌 벽과 채색화에 사람들의 그림자가 압착되어 어른거렸다. 마틸드는 여전히 아무 말도 하지 않았지만 우리는 다시 걷기 시작했다.

마틸드와 함께 살면서 단 한 번도 청혼을 한 적이 없었다. 매일 마틸드를 보다 보니 결혼에 대해 진지하게 생각해본 적이 없었다. 언제라도 동거관계를 청산하고 결혼할 수 있다고 믿어서였다. 왜 결혼하지 않느냐는 질문을 받으면 마틸드와 난 동거 커플들이 흔히 하는 변명을 늘어놓았다. "부부관계에 국가가 개입하다니 말도 안 되죠." 또는 "우리 모두 어릴 때 부모님이 이혼하셨어. 결혼은 바보 같은 덫이라고 생각해." 같은 변명. 간혹 마틸드는 애매하게 결혼하고 싶다는 뜻을 넌지시 비치기도 했다. "난 내 성이 싫었어." 또는 "내 아들과 같은 성을 갖고 싶어." 그러면 난 어깨를 으쓱하고 말뿐이었다. 결혼이란 부르주아의 술책이었다. 약속을 주고받고 법적으로 묶여봐야 무슨 소용이 있는가? 하지만 그래도 중요한 건 결혼증명서뿐일지도 모른다. 오늘은 흘러가는 대로 내버려두고, 한번 부딪쳐보고 싶다. 마틸드에게 크게 마음을 먹으라고 제안해보는 것이다. 서명을 통해서라도 완전히 그녀에게 묶이고 싶었다. 공식적인 관계를 맺고 싶었다. 그래, 이제는 불안정한 감정을 줄이고 싶었다.

마틸드는 여전히 아무 대답도 하지 않았다. 아이들은 중요한 순간을 느끼는 법이니 쥘리앵도 분명 이해했을 거란 생각이 들었다. 쥘리앵은 어린애가 아니었다. 투정도 부리지 않았다. 쥘리앵도 마틸드의 입술만 뚫어지게 바라보았다. 처음에 우리는 단순히 관광객으로 성당을 방문한 건데 어느 틈엔가 예배를 보는 사람들처럼 계속 성당 안을 걷고 있었다.

말은 청산유수처럼 나왔다. "나와 결혼해주겠어?"라는 부드럽고 대담한 말을 제대로 하려면 화려한 대리석 바닥에 르네상스 시대의 웅장함이 느껴지는 성당 같은 곳이 필요했다. 종교 때문도, 미신 때문도 아니었다. 다만 대성당은 말이 평소와 다르게 나오는 곳이어서였다. 대성당을 이용하는 것은 사제들의 오랜 전략이었다. 설교단의 높은 곳에서 권위있는 훌륭한 말을 하며 엄숙한 분위기를 자아냈다. 나처럼 무신론자인 마틸드도 바티칸의 위압적인 분위기에 압도당했다. 그녀는 내 청혼을 받고 부담이 되는 듯 아무 말도 하지 않았다. 만일 호텔 욕실에서 청혼을 했다면 마틸드는 바로 앞에서 피식 웃고 말았을 게 분명했다.

"지금은 대답할 수 없어."

"왜?"

"알렉상드르, 우린 오늘 아침부터 토닥거리고 있어."

"맞아, 그래서?"

"당신을 사랑할 수가 없어. 내겐 다른 남자가 있어. 난 동전을 던지듯이 내 운을 맡기지 않을 거야."

"서로 몸을 맡기기로 할 때는 단순히 이성적인 결정만으로 되는 건 아냐. 사랑에는 위험이 따르지. 규칙을 따를 필요 없어. 난,

당신이 내 아내가 되었으면 좋겠어. 당신의 미소, 지성, 몸을 사랑하니까. 당신과 사랑을 나누는 게 좋아. 우리가 영원히 함께 살았으면 좋겠어."

"우린 서로 묶여 있어. 다만 요즘 난 숨 쉴 공기가 필요해……."

당신이 원하는 대로.

난 사악한 손을 놓았다.

기차에서도 낯선 여자에게 섹스를 하자고 설득해 성공한 나였다. 그러나 애 엄마 마틸드는 설득하지 못했다. 마틸드는 나와 결혼하겠다고 똑 부러지게 정하지 않았다.

나의 여정은 수렵자-채집자처럼 방랑하는 여정이었다.

아멘.

8월 3일 목요일

모욕과 나무딸기

산 지미냐노라는 도시에서 있었던 일이다. 이곳은 가장 매력적인 토스카나의 마을로 주위에는 중세 시대의 성벽과 탑들이 있었다. 탑들은 부식토 위에서 자란 삿갓버섯처럼 보였다. 그리고 바닥이 울퉁불퉁한 작은 광장이 있었다. 그 주변에는 작은 집들이 늘어서 있었는데 오렌지색의 벽이 거의 바스러진 모습이었다. 예배당으로 통하는 흰색 계단도 보였다.

가운데에는 우물이 있었다. 한바탕 비를 퍼부을 것 같은 하늘은 짙푸르고 검은색을 띠었다. 따뜻한 오렌지색 집들과 차가운 짙푸른 색 하늘이 대조적이면서도 묘하게 어울렸다. 번화가가 아니어서 그런지 관광객은 거의 보이지 않았다. 남자 아이들이 축구를 하고 있었다. 남학생이 무리 속으로 빨리 걸어갔다. 날씨는 따뜻했다. 가끔 허벅지를 탁 쳐서 건방진 모기를 죽이기도 했다.

마틸드와 나는 테라스에서 저녁을 먹었다. 진짜 맛 더럽게 없는 스파게티였다. 프랑스에서 맛볼 수 있는 최악의 파스타보다 더 끈적끈적 달라붙는 스파게티였다. 우리 세 식구가 저녁을 먹고 있는 이곳 레스토랑의 음식은 도저히 인간이 먹을 수 없는 정도였다. 왜 이 레스토랑이 인기가 없는지 알 것 같았다. 난 스파게티 접시를 앞에 두고 마틸드를 향해 칭찬과 사랑 고백을 나지막하게 했다. 우화를 과장해서 이야기하듯 말했다. 내 말을 듣던 그녀는 감동을 하며 날 다시 보기 시작했다.

사실 나는 애정 어린 말을 언제나 미덥지 않게 생각했다. 그런 말은 순진한 사람들이나 좋아했다. 결혼증명서만이 중요한 순진한 사람들 말이다. 난 예전의 경험을 복습했다. 달콤한 말을 늘어놓은 덕에 난 다시 유리한 고지를 차지하게 되었다. 그전에는 내게서 그런 칭찬을 한 번도 들은 적이 없어서 그랬는지 마틸드는 내가 한 말을 음미했다. 와인을 조금씩 마시며 나는 로봇처럼 즉각적으로 사탕발림 말을 늘어놓았다.

잠시 후 우리는 텐트 안에 있었다. 여름이었지만 텐트 안은 찬 바람이 쌩쌩 불듯 분위기가 냉랭했다. 자, 나와 마틸드는 힘들게 흥정을 하고 있었다.

난 침낭 위로 기어 올라가 그녀의 볼에 입을 맞췄다. 그녀는 조각상처럼 꼼짝 않고 있었다.

난 그녀의 입술까지 다가갔다. 그녀는 입을 열지 않았다. 그녀의 입술에 키스를 하려고 애썼다. 내 혀의 끝부분이 벽처럼 딱딱한 그녀의 이와 풍선껌 같은 잇몸에 부딪쳤다.

난 아직 실망하지 않았다. 거위 털 침낭에서 팔을 빼서 그녀의 머리카락을 애무했다. 그리고 난 마틸드에게 사랑한다고, 아름답다고 말했다. 그녀는 깊게 한숨을 쉬었다.

난 내 침낭의 지퍼를 열고, 마틸드의 침낭도 열려고 했다. 그녀가 반항했다.

"안 돼, 오늘 밤은 싫어."

"하지만 우리 오늘 저녁은 즐겁게 보냈잖아."

"엽서에 나오는 장면처럼 황홀한 저녁이었어."

"그럼 당신 위에서 자위해도 돼?"

마틸드는 허락하는 듯 아무 말도 하지 않았다.

어둡고 습한 텐트 안에서 난 혼자서 욕구를 달랬다. 마틸드는 무표정했다. 그녀는 바닥처럼 아무런 반응도 없이 그저 내가 자위를 하도록 가만히 있어주었다. 괜찮다고 나 자신을 달랬다. 난 눈을 감았다. 흥분을 가라앉혀야 했다.

"날 애무해줘."

내가 말했다.

그러나 마틸드는 아무런 반응도 없었다.

"키스해줘, 내가 마무리 할 테니까."

소용없었다.

정액이 뚝뚝 떨어졌다.

"좋아? 이제는 내 차례야."

내가 오르가슴을 느끼고 나서 이번에는 마틸드가 자위를 했다. 그녀도 흥분을 가라앉혀야 했다. 하지만 그녀는 더 이상 날 원하지 않기 때문에 혼자 해결했다.

이미 마틸드가 여러 번 이야기했지만, 그녀는 날 원하지 않았다. 예전에도 날 원한 적이 한 번도 없었다. 그녀와 보내는 휴가 초반부터 난 많이 울었다. 때때로 눈물을 참을 수가 없었다.

이날 오후 우리 세 식구가 탄 자동차 안에서 보비 라푸앙트의 노래가 흘러나왔다. '모욕과 나무딸기는 / 운명의 양식이지.' 바보 같으면서도 유쾌한 후렴구였다. 이 노래를 들으면서 눈물이 나기 시작했다. 그래, 눈물이 났다. 고결한 눈물은 아니었다. 참다 참다 터져 나온 본능적인 눈물이었다. 마치 똥을 싸는 것처럼. 마틸드는 아무 말도 하지 않았다. 의자에 파묻혀 앉아 있던 쥘리앵이 내게 물었다.

"아빠, 울어?"

사랑받지 못한다는 게 얼마나 잔혹하고 무서운 일인지를 쥘리앵에게 어떻게 설명해야 할까? 사랑받지 못하는 고통은 상喪을 당한 고통과 비슷했다. 가까운 사람의 죽음을 받아들이는 일은 견딜 수 없을 정도로 고통스럽다. 이미 저 세상으로 간 사람은 다시는 올 수 없다. 시간은 오직 하나의 방향으로 움직이게 되어 있고 죽음의 문은 오직 한 번만 건넌다. 정확히 말해 죽음을 돌이킬 수 없으므로 받아들여야 하는 건 너무나 슬프다. 사랑의 슬픔도 상을 당한 슬픔과 마찬가지로 상실감을 안겨준다. 사랑을 다시 찾을 수 있다는 확신이 없어서다. 닿을 것 같으면서도 잡을 수 없는 사람은 여전히 살아 있는 사람이기에 포기할 수도 없다.

난 커브를 돌던 중 갑자기 브레이크를 밟았다.

"미쳤어?"

마틸드가 짜증을 내며 소리쳤다. 뒤에서 경적을 울려댔다.

"당신이 운전해. 더 이상 못 하겠어."

마틸드가 운전석에 앉고 난 뒷자리에 앉았다. 서로 자리를 바꿨다. 뒷자리에 앉게 되자 다시 고통 속으로 빠져들어 갔다.

"이야기 좀 해봐."

텐트 안에서 마틸드가 물었다.

난 말을 하려고 하지 않았다.

"당신은 야한 상상을 많이 하잖아."

여전히 난 아무 말도 하지 않았다.

"자, 그럼 내가 말할게. 난 당신이 기차 안에서 다른 여자와 그짓 하는 걸 보고 싶어."

"내가 원하는 건 당신이야."

"안 돼, 요즘 당신이 마음에 안 들어. 당신이 다른 여자와는 어떻게 그 짓을 하는지 보고 싶어. 여자 두 명과 당신이 그 짓을 하면 더 좋고. 그래, 그거야. 당신 앞에 여자 두 명이 있어. 다리는 모두 네 개. 여자들은 당신에게 자신들의 엉덩이를 보여주지. 당신은 그 두 여자의 엉덩이를 흘끔흘끔 보는 거야. 어떤 여자의 몸에 들어갈지 선택하기 전에 머뭇거리는 거지."

"그런 이야기를 왜 자주 하는 거야? 방금 발기가 되었어. 당신과 하고 싶었다고."

"입 다물어. 당신은 한 명, 한 명과 섹스를 하는 거야. 두 여자들은 좋아할 거야, 당신의 굵직한 성기를. 두 여자들에게는 기쁨이겠지. 그래, 오 그래······. 잠깐, 나 오르가슴 좀 느낄게."

마틸드가 하체를 들어올렸다. 그녀는 오르가슴을 앞두고 말없이 땀을 흘렸다. 땀 냄새가 달라졌다. 향신료, 커민, 검은 후추 냄새였다. 마침내 그녀가 오르가슴을 느꼈다.

"음······, 좋았어."

8월 5일 토요일

벽 사이로

볼테라, 그곳은 갑岬 위에 위치해 있는 검은 돌로 된 성채로, 미끄러운 포석이 깔린 수수한 골목길 같은 곳이다. 보라색과 황금색 저녁노을이 저 멀리 언덕 위를 감쌌다. 가끔 벽 사이로 어렴풋이 보이는 언덕이었다.

이처럼 세상은 아름다웠다.

8월 9일 수요일

끝내주지는 않았어

"이제 당신은 더 이상 잃을 게 없잖아."

마틸드가 말했다.

"그래."

마틸드가 반항적으로 날 턱으로 가리켰다. 그녀의 크고 검은 눈을 경계했다. 그녀는 가벼운 성격이었다. 우리 앞에 열리고 있는 진실의 심연을 신나게 한 번에 건널 수도 있었다.

"자, 말해봐."

"싫어."

"도대체 나 몰래 몇 명의 여자와 바람을 피운 거야?"

살다 보면 차라리 고백하지 않는 게 더 나을 때도 있다. 지금이 그런 경우였다. 괜히 솔직하게 털어놨다가 커플 사이에 남아 있는 마지막 환상마저 달아나버릴 수도 있어서였다. 마틸드, 난 아직 당신을 사랑해. 마틸드는 내 사랑에는 관심도 없다는 듯 어서 고백이나 해보라고 다그쳤다. 그녀는 다리를 들어 소파 팔걸이에 대고 흔들었다.

지금 우리는 마틸드의 할머니 집에 있었다. 칸 주변에 위치한 1970년대의 저택이었다. 저 멀리 건물들을 지나 넓고 푸르른 바다가 보였다. 바다 위로는 하얀 하늘이 펼쳐졌다. 열린 창문 사이로 바깥바람이 들어오자 커튼이 마치 파충류의 뱃가죽처럼 일렁였다.

"당신 이야기를 해주면 내 이야기도 해줄게."

"당신 이야기는 이미 알고 있어."

"아니, 전부는 몰라. …… 자, 어때?"

호기심이 승리했다. 하지만 난 많이 두려웠다.

"누가 먼저 시작하지?"

내가 말했다.

"당신 먼저."

마틸드가 말했다.

"먼저 놀아난 건 당신이니까."

"우선 금발머리인 카롤린이 있었지. 그 여자 때문에 내가 얼마나 속상했던지! 당신은 상상도 못할 거야……."

카롤린. 금발이 너무나 여려 흰색처럼 보일 정도였다. 그녀의 유두는 오톨도톨했다. 당시 난 대학교 3학년이었다. 거시경제 수업시간에 카롤린과 같이 수업을 들었다. 침대에서 카롤린과 관계를 맺으려 했는데 그녀의 몸속에 잘 들어가지를 못했다. 자세를 바꿔 그녀의 몸속에 들어가는데 성공했다. 관계를 맺고 나서 카롤린이 고백했다. 이번이 그녀에게는 첫 경험이라고. 투명한 분홍색 핏줄기가 그녀의 아랫도리에서 흘러나와 침대 시트를 적셨다. 내 비밀을 알게 된 마틸드는 화를 냈다. 마틸드가 어찌나 길길이 뛰며 화를 내던지 말릴 수가 없었다. 퇴장. 중국으로 휴가를 떠난 카롤린은 거기서 내게 편지를 보냈다. 편지에다 카롤린은 독살스러운 말을 퍼부었다. 예를 들면 '당신의 정액이 내 몸속에서 썩었어.' 였다.

"그리고 아시아 여자 메이가 있었지. 지금도 기억나. 당신은 메이와 관계를 맺고 나서 곧바로 내가 살고 있는 집에 와서는 좋아한다고 고백했어. 그때 당신은 여전히 헉헉대고 있었지. …… 난 더 이상 메이 일을 이야기하지 않았어."

"사실, 그 당시에 당신은 전혀 관계를 갖고 싶어하지 않았잖아."

"맞아, 그래서 난 당신이 메이와 관계를 맺은 걸 알고도 화를 내지 않았어."

"어쨌든 끝내주지는 않았어."

"당신이 나 몰래 놀아난다면 그만큼 성적 쾌락도 크겠지. 그리고……"

마틸드가 생각에 잠겼다.

"같은 시기에 유디트란 여자가 있었지. 그 매춘부 같은 년 때문에 마음고생이 장난이 아니었어."

지금도 그때의 일이 어제처럼 생생하게 떠오른다. 어느 일요일 아침이었다. 마틸드와 난 동네 시장을 한가로이 거닐고 있었다. 그런데 그때 갑자기 모자가 달린 적갈색 반코트 차림의 여자가 어디선가 나타났다. 유디트였다. 그녀는 날 보자 반갑게 목을 끌어안았다.

"알렉상드르, 여기서 만나다니!"

마틸드는 무슨 일인지 몰라 어리둥절해하며 날 쳐다봤다. 마틸드는 유디트에 대해 전혀 들은 적이 없었다. 유디트가 먼저 알아서 설명했다.

"알렉상드르는 저의 바로 옆집에 살아요. 자주 얼굴을 보죠. 정말 친한 친구예요. …… 자, 다음에 봐."

유디트가 깡충거리며 멀어져갔다. 나와 마틸드는 장에서 산 물건을 든 채 어이없어하며 그 자리에 서 있었다.

유디트. 키가 작고 통통한 그녀는 남자에 심하게 굶주린 여자였다. 그녀의 집에는 언제나 '남자' 먹잇감들이 붐볐다. 부르주아 가정에서 자란 그녀는 언젠가 자신이 조신하게 살게 될 거란 걸 알고 있었다. 그래서 20대를 방탕하게 살았다. 그녀를 정기적으로 찾아오는 남자만 여섯 명, 아니 열두 명 이상이었다. 유디트는 언제나 활기가 넘쳤다. 나는 그녀의 집에 가끔 갔다. 그러면 그녀는 박사 논문을 준비한다는 반바지 입은 남자와 담배를 피우고 있기도 했고, 그녀가 내게 분말 커피를 내올 때 허리춤에 수건을 걸친 남자가 그녀의 욕실에서 나오기도 했다.

"그게 다야? 정말?"

"그래."

"확실하지? 다른 여자는 더 없었어?"

그게, 키 작은 로르가 있었다. 내 기억 한편에 남아 있는 로르. 그녀는 특이했다. 겉멋만 든 여자가 아니라 나름 기품이 있는 여자였다. 그녀는 미국식 바에서 댄서로 일하며 학비를 벌었다. 또한 남자 킬러였다. 하지만 그녀는 피임을 하지 않고 남자들과 잠자리를 했다. 3개월 후, 임신여부를 알아보러 가면서 난 로르에게 쌀쌀맞게 굴었다. 하지만 그녀가 아직도 내 머릿속에 남아 있는 이유는 따로 있었다. 로르의 배에 사정을 한 적이 있는데 그때 그녀는 검지 손가락 끝으로 정액을 훑더니 마치 꿀을 먹듯 정액을 먹어 버렸던 것이다.

"그럼, 당신은? 나와 같이 페론에 가기 전에 몇 번이나 외도를 한 거야?"

"그 건축가 남자와 한 번……."

그 건축가 남자라면 이미 감은 잡고 있었다. 마흔 살이고 허리가 굽었으며 허세를 부리는 남자였다. 몽마르트르의 가난뱅이 같은 타입이었다.

"그 남자와의 일을 잊을 수 없다고 했지."

"그래, 정말이야. …… 우선 그 남자는 그게 너무 작았어. 발기의 힘도 강하지 않았고 관계를 맺은 지 5분 만에 벌써 흥분을 하더라고. 그 남자는 이어서 다시 성관계를 시도하고 싶어했지만 내가 거기까지만 하자고 했어."

"잘했군."

"도덕적인 평가는 하지 말아줘, 부탁이야. 그 다음에 난 당신을 떠나고 싶었어. 그 당시에 내게 진짜 애인이 생겼지. 엔지니어였어."

"몇 살이었는데?"

"우리 나이야. 에콜 데 민(프랑스의 명문대학)을 졸업해서 돈 하나는 기가 막히게 잘 벌었지……."

그 당시에 난 빈털터리였다. 책으로 유명해지려고 기를 쓰던 시기였다.

"왜 그 남자와 살지 않았어?"

"지적인 부분이 아쉬웠어. 뭔가 2퍼센트 부족한 남자였지."

"그러면 침대에서는?"

"끝내줬지."

"정말?"

"응, 당신보다 잠자리 기술이 훨씬 좋았어. 그리 남자답지는 못했지만 그와 잠자리를 하면 머리가 뱅뱅 돌면서 현기증이 날 정도였어."

"관계를 오래 가진 거야?"

"몇 주. 그 후로 6개월 동안 못 보다가 다시 만나게 되었어. 아직도 서로에게 매력을 느끼고 있다 보니 자연스럽게 다시 잠자리를 같이했지."

"좋았어?"

"응, 사랑을 나눈 후 그 남자는 아주 만족스러운 표정을 지으며 내게 이렇게 말했어. '어쨌든, 우리 두 사람은 앞으로도 잘 맞을 거야. 6개월 또는 1년마다 섹스를 하며 죽는 날까지 계속 관계를 유지할 거야.' 그래서 난 이렇게 생각했어. '이봐, 아무리 그래봐야 소용없어. 꿈꾸지 말라고.'"

"그 남자가 다시 찾아와 매달리지 않았어?"

"그랬지. 하지만 문을 열어주지 않았어."

난 '훅' 하고 숨을 깊이 들이쉬었다.

"6개월 후에 그 남자와 다시 잠자리를 했더니 그리 기분이 좋지는 않더군."

"6개월 후에 그 남자와 다시 잠자리를 했다니 기분 정말 더러운데."

"왜?"

"한 번이 아니라 두 번 바람피운 게 되잖아."

"말도 안 돼. 같은 남자니까 한 번 바람피운 거지."

"난 바람피워도 선을 긋지. 특히 시간에 대해서는 선을 분명히 그어. 저녁에 기분이 영 아니거나 술에 취하면 매춘부와 관계를 갖지. 그 다음에는 그 여자를 기억하지 않아. 여운 따위는 남기지 않는다고. 동시에 두 여자와 양다리를 걸치지도 않아."

"유디트와 한 건 양다리 아냐?"

"그건 예외였지. 함께 잠자리를 한 게 3개월 동안 겨우 열 번 정도였어."

"우린 아주 달라. 당신은 여자를 무지 밝히는 남자야. 여기저기에서 아랫도리를 마음껏 흔들어대지. 당신이 바람을 너무 많이 피우니까 나도 속상해서 내 욕구를 마음껏 발산하려고 했던 거야. 하지만 한 번도 속이 시원하지는 않았어. 듣고 있어? 한 번도 속이 후련한 적이 없었다고. 그러니 내 경우에는 바람이라고 할 수 없어. 하지만 당신은 정말. 오, 미안!"

마틸드와 나는 잠시 휴식 시간을 가졌다. 우린 아무 말도 하지 않았다. 옆방에서 텔레비전 소리가 조그맣게 들려왔다. 마틸드의 할머니가 낮잠을 자면서 켜놓은 텔레비전 소리였다. 오랫동안 여자로서 역할을 다 하다가 여든두 살이 되어 휴식을 취할 수 있게 된 마틸드의 할머니. 마틸드의 할머니는 정말로 휴식을 갖고 싶어 했다. 가끔 채널 1 방송에서 나는 소리 외에도 심하게 코 고는 소리가 들렸다. 마틸드의 할머니가 아직은 살아 계시다는 증거였다.

저 멀리, 바다가 일광욕을 하는 듯 햇빛이 내리쬐고 있었다.

혹시 독자 여러분이 의심을 할까 봐 한 가지는 분명하게 짚고 넘어가야겠다. 마틸드를 아는 사람들이 나와 그녀가 나누는 대화 내용을 듣는다면 깜짝 놀랄 게 분명했다. 그들에게 그녀는 품행이 단정한 여성의 전형이며 색녀 같은 면이라곤 전혀 없는 타입이었기 때문이다. 그녀의 가족 내력을 알면 이해가 될 것이다. 그녀의 사촌언니는 애인이 100명을 넘었고, 그녀의 언니는 이에 비해 애인이 50명 밖에 되지 않았다. 그러니 사촌언니와 친언니는 그녀를 수녀 취급했다. 더구나 그녀는 요구르트와 빵도 직접 만들고, 여름이 끝날 때는 겨울에 먹을 잼을 준비하며, 뜨개질도 하고, 수도 놓을 줄 알며, 인사도 공손하게 하는 '현모양처' 형이라는 인상을 주었다. 그녀는 집을 어찌나 깨끗하게 해놓고 사는지 바닥에 앉아 음식을 먹고 화장실 변기에서도 음료를 마실 수 있을 정도였다. 원래 그녀는 살림을 야무지게 하는 구시대 여성 타입이지만 타임머신의 실수로 1976년에 태어나게 된 셈이었다. 그녀야말로 바람을 한 번도 피우지 않을 것 같은 타입의 여자였다. 자, 이제 그녀가 어떤 여자인지 독자 여러분도 감이 잡혔을 것이다. 독자 여러분이 남자라면 아내가 어떤 식으로 일탈을 하는지 짐작할 수 있을지도 모르겠다.

마틸드와 난 아직 본격적인 이야기에 들어가지 않았다. 그러니까 페론으로 이사를 간 이후 일어난 일에 대해서는 아직 이야기를 하지 않았다. 페론으로 이사 간 후 미틸드는 임신을 해 아들 쥘리앵을 낳게 되었다. 이러한 추억은 특별히 간직해야 한다. 그 당시 그녀와 난 사랑의 절정을 맛보고 있었다. 우리 두 사람이 결합해 생명을 낳았다. 잠자리에서 적대적인 커플이 있던가?

"쥘리앵이 태어난 이후에 바람피운 적 있어?"

마틸드가 갑자기 직설적으로 물었다.

"어……, 아니."

"거짓말. 사실이 아니겠지. 서로 모든 걸 다 말하기로 했잖아."

"알았어. 하지만 그냥 대충 넘어가는 게 나을 것 같은데. 과거를 들춰내봐야 무슨 소용이야?"

"전혀 더럽혀지지 않은 거와 잘못된 것을 바로잡고 다시 시작하는 거와는 달라. 다시 물을게. 쥘리앵이 태어난 후에 바람피운 적 있어?"

"대답하고 싶지 않아."

"그러면 내가 대답할게. 난 있어."

"말도 안 돼."

"쥘리앵이 두 살 반이 되었을 때 한 번 바람피웠어."

"어떻게 그럴 수 있었지?"

"기억할지 모르겠지만 어느 날 저녁 우리 둘이 대화를 했지. 그때 우린 특별한 약속을 했어. 언젠가 우리 둘 중 한 사람이 외도를 하고도 아무 말을 하지 않는다 해도 심각하게 생각하지 말고 그냥 넘어가기로 말이야. …… 물론 일시적인 외도일 경우."

기억났다. 그날 저녁 마틸드는 그 문제를 추상적이고 산술적으로 다루었다. 마치 방정식을 푸는 것처럼. 그녀는 두 사람이 몇 년을 같이 살면서 실수 한 번 하지 않을 수는 없다고 했다. 단순히 외도한 것 가지고 서로 헐뜯고 가정을 깰 필요까지 있을까? 아니다. 오히려 단순히 외도한 것 가지고 서로를 헐뜯고 가정을 깨야 한다고 주장하는 게 이상했다. 그녀는 인간이란 잠시 일탈을 할 수도 있으며, 이 경우에는 두 가지 원칙이 있다고 분명히 말했다. 첫째, 그냥 비밀로 한다. 둘째, 상대방에게 아무 말도 하지 않는다. 그 당시 그녀의 방정식은 그럴듯해 보였다. 하지만 이제 보니 그녀가 이런 방정식을 세운 이유는 앞으로 우리가 따라야 할 원칙을 만들기 위해서가 아니라, 자신이 딴 남자와 당장에라도 쾌락을 느끼고 싶으니 그렇게 알라는 암시였던 것이다. 그 생각도 못하고, 난 멍청이였다.

"그러니까 우리의 약속을 이용했던 거군."

"그래, 이용하라고 만든 거 아니었어?"

"깜짝 놀랐어. 당신은 생각을 실천으로 옮겼군. …… 누구와 외도를 했는지 알 수 있을까?"

"당신은 모르는 남자야."

"이웃에 사는 남자야?"

아이가 셋 딸린 가장에다가 점잖은 적갈색 머리를 자랑하는 이웃 남자가 마틸드를 은근히 탐내고 있다가 복도에서 수작을 건 게 틀림없었다.

"아냐, 당신은 모르는 남자라고 말했잖아."

"오래 만난 사이야?"

"딱 한 번. 그 남자의 집에서 관계를 가졌지. 하지만 그 다음에는 시들해졌어. 그렇게 깊은 관계까지 가는 게 아니었어. 정말 아무엇도 건질 게 없는 섹스였다고. 오히려 남녀의 관계를 위태롭게 만드는 섹스였지. 그 남자와의 관계에서 좋았던 건 딱 하나, 키스였어."

"어땠는데?"

"키스 하난 끝내주게 잘했지."

난 입 안이 바짝 타들어갔다. 그런데 갑자기 아까처럼 당황스럽지는 않았다. 아니, 오히려 이제는 마음이 편해졌다. 이번에는 내 비밀을 털어놓고 싶었다.

"난 4년 동안은 한눈을 팔지 않았어. 당신이 임신한 동안, 그리고 쥘리앵이 세 살 때까지는 말이야. 그럴 마음이 들지 않았어(난 마틸드에게 죄책감을 느끼게 해주고 싶었다). 내 생각에는 당신이 가볍게 저지른 외도가 우리 사이를 뒤흔들어놨던 것 같아. 내가 몰랐다 해도 우리 사이가 서서히 금이 간 건 당신이 가볍게 저지른 외도 때문이었을 거야. 틀림없어……."

"그래서 쥘리앵이 세 살이 되자 당신은 몰리와 바람을 피웠군."

"그래, 그렇다고 할 수 있지."

몰리. 그해 난 집에서 나와 글을 쓸 수 있는 독립적인 공간을 찾고 있었다. 그래서 학생을 받는 하숙집에 방 하나를 빌렸다. 내게는 신통치 않은 소설을 다듬는 사무실로 이용할 공간이었다. 미국 여자인 몰리는 일 년 동안 프랑스어를 심도 있게 공부하기 위해 프랑스에 머무르는 중이었다. 몰리가 사용하던 샴푸에서는 상큼한 풀 냄새가 났다. 어린 시절 자주 맡은 적이 있는 익숙한 향이었다. 사촌누나들이 사용하던 샴푸와 같은 제품이었다. 아침마다 몰리는 샤워를 했고 그 시간에 난 하숙집으로 출근했다. 몰리의 샴푸 냄새를 맡으니 어린 시절이 떠오르는 동시에 관능이 꿈틀거렸다. 이때는 아직 몰리의 이름을 몰라서 그녀의 이름을 알고 싶어했다. 그녀가 유대인이란 건 알고 있었다. 유디트에 이어 유대인 여자들에 대해서는 개인적으로 가지고 있는 이미지가 있었다. 유대인 여자들은 다른 여자들에 비해 죄에 대한 두려움에서 해방된 것 같았다. 가톨릭처럼 바보같이 육체를 죄악시하는 감정이 유대인 여자들에게는 없었다.

　어느 더운 봄날 오후에 산책을 하면서 난 몰리를 유혹해야겠다고 생각했다. 마침 몰리와 난 신선한 로제 와인 한 병을 가지고 왔다. 멋진 곳 위에서 와인을 마시자고 그녀에게 제안했다. 능선을 따라 쭉 이어진 아스팔트길에서 그녀와 이야기를 했다. 그동안 그녀에 대한 나의 욕망이 불타오르기 시작했다. 재미있는 일이니 자세히 들려주겠다. 그녀와 난 눈앞에 펼쳐진 논두렁길을 바라보면서 이 아름다운 자연에서 섹스를 하고 싶다는 생각을 하게 되었다. 뱀 같은 곳이었다. 정말로 천천히 구불구불 기어가는 뱀 같은 길이었다. 뱀처럼 으스스해 보이는 길이라 그런지 배경이 마치 성경에 나오는 곳 같았다.

　5분 후, 몰리와 난 알몸이 되었다. 그러나 난 실패를 맛보고 말았다. 너무 일찍 사정을 해버린 거였다. 몰리와는 마음대로 잘 안 됐다. 그 이후에도 그녀와 몇 번 관계를 맺었지만 집중을 하려면 늘 엄청나게 노력해야 했다. 그런데 왜인지 모르겠으나 마치 난 신실한 가톨릭 신자처럼 마틸드와 쥘리앵 생각이 났다. 순간 죄책감이 들면서 그녀와의 관계에 집중할 수 없었다. 더구나 그녀는 못 말리는 여자였다. 내 몸이 들어가자 그녀는 비명을 지르기 시작했다. 폴린이 지르던 비명과는 다른 종류의 비명이었다. 그녀는 오르가슴을 느끼는 척하며 가식적으로 비명을 지르고 있었다. 그 후 난 미국 여자들에 대해 개인적으로 고정된 이미지를 갖게 되었다. 미국 여자들은 포르노 영화의 여배우들 만큼 감정 표현이 풍부하고 불감증이었다. 하지만 몰리 이후로 난 내 욕구를 더욱 충실하게 발산하며 더 큰 자유를 맛보았다.

"다른 여자들이 또 있다는 거야?"

"응."

"몇 명?"

"그렇게 많지는 않아."

"말해봐."

"당신이 화만 안 낸다면……. 몰리와의 일이 있고 나서 얼마 후 난 혼자서 프랑스 오트사부아로 휴가를 떠났어. 기억나지?"

"응, 바람 좀 쐬고 싶다고, 새로운 소설도 구상하고 싶다고 했지."

"그건……, 그랬어."

"당신을 믿었어. 여자 꼬이러 가는 거라고는 전혀 생각도 못했어."

"나도 처음부터 그럴 생각은 아니었어. 계획적이었던 게 아니란 말이야. 그런데 이제까지 상대한 여자 중에서는 나이 면에서 최고의 기록을 갱신했지."

"늙은 여자와 잔 거야?"

"60대 정도 되는 여자."

"역겹지 않았어?"

"어."

"어디서 그 짓을 한 거야?"

"그 여자의 캠핑 트레일러에서. 그 여자가 날 유혹했어. 마침 난 술에 좀 취했고 음악도 흐르고 있었지."

"쳇, 양심도 없어. 더러운 자식."

캠핑 트레일러의 낯선 여인. '쓰레기'처럼 들릴지도 몰랐다. 하지만 이 같은 예상치 못한 관계는 추상적인 두려움을 불러왔다. 이런 식의 결합을 뭔가에 비유한다면 샤르팡티에의 '어둠의 교훈', 모차르트의 '대미사곡 C단조', 또는 성 앙셀므 드 캉토르베리가 증명한 신의 존재가 될 것이다. 이론학에 속한다고 볼 수 있었다. 그 여자는 남편과 아이들, 모든 것을 잃었다. 사랑에 빠진 그녀는 떠돌이 집시와 함께 길을 떠났다고 한다. 그러나 집시가 손찌검을 하기 시작했다고 한다. 그 여자는 가까스로 그 집시에게서 벗어났다. 사실, 그 여자는 캠핑에서 휴가를 보내고 있는 게 아니었다. 몇 달째 최저 소득을 받으며 그럭저럭 캠핑 트레일러에서 살고 있는 것이었다. 가족도 그녀에 대해서는 더 이상 듣고 싶어하지 않는다고 했다. 한때 힘든 사랑을 했던 그 여자는 완전히 지쳐 있었다. 그 여자가 가슴 아픈 과거에 대해 이야기를 하는 순간 난 바지의 단추를 끌렀다. 그 여자의 몸은 신기했다. 나이는 많지만 몸은 젊은 여자 못지않았다. 가슴도 탱탱하고 분홍빛이 감돌았으며, 배도 스무 살 여자처럼 군살이라고는 하나도 없고 희였다. 하지만 어깨와 목, 무릎, 목 아랫부분을 보면 피부가 비단보다 얇았고 가느다란 주름도 여럿 보였다. 그 여자와 나는 서로 누워 다정하게 애무했다. 난 명령처럼 그 여자에게 말했다.

"당신이 오르가슴을 느끼는 걸 보고 싶어."

난 타임머신을 체험한 기분이었다. 모공이 넓었던 그 여자의 뺨은 아기의 뺨처럼 야들야들하고 생기가 돌게 되었다. 한눈에 봐도 그 여자는 젊어졌다.

"다른 여자들도 있었어?"

"응, 그 다음 해 겨울에 난 이스라엘로 갔지. 기억나지?"

"그러니까 여행갈 때마다 여자와 그 짓을 한 거잖아. 난 당신이 그런 엉큼한 생각을 하는 줄도 모르고 가벼운 마음으로 훌훌 여행을 떠나도록 그냥 내버려둔 거고."

"잠깐, 내 얘기 좀 들어봐. 난 파견 근무자들의 저녁 모임에 갔어. 전시 상황과 같은 팔레스타인에서 긴장한 채 일하며 사는 사람들이라 그런지 말로 표현할 수 없을 정도로 요란하게 기분을 풀더군. 저녁 모임에서 젊은 여자를 알게 되었어. 그 여자는 오직 광란의 밤만이 필요하다고 했어."

"그 여자의 이름은 뭐였어?"

"아멜리에."

"마음에 들었어?"

"꼭 그렇지만은 않아. 하지만 침대에서는 끝내주더군. 그런 사람을 거의 본 적이 없었어."

"무슨 소리야?"

"아멜리에는 낯선 나와 처음 관계를 갖는데도 정확히 15분 이상 계속된 항문 섹스를 잘도 참아내더군. 아프다고 불평 한마디 하지 않았어. 다만 나중에는 항문이 너무 건조해져서 다시 정상 체위로 돌아갔어."

"대단하군."

"그래, 대단히 끼가 넘치는 여자였어."

아멜리에. 그 여자는 정액에 대해서도 남다른 매력을 느꼈다. 아멜리에가 내 몸 위로 올라가 즐겼다. 난 바닥에 몸을 펴고 누워 있었다. 보통 여자들 같았으면 손수건으로 몸에 묻은 정액을 닦아낼 텐데 그녀는 내 몸 위에 누워서는 끈적끈적한 정액을 윤활유처럼 사용해 자기 가슴과 배를 갖고 내 몸을 마사지하기 시작했다.

아멜리에의 몸과 내 몸 사이의 윤활제가 된 나의 정액. 그녀는 그렇게 천천히 자신의 몸으로 내 몸을 마사지했다. 결국 난 다시 흥분했다.

"아멜리에가 마지막 여자야?"

"한 명 더 있기는 해."

그러나 TGV에서 낯선 여자와 섹스를 했다는 이야기는 안 하는 게 나을 것 같다는 생각이 직감적으로 들었다.

"최근 우리 관계가 삐걱거렸을 때 당신은 어느 날 저녁 애인에게 몰래 몇 시간이고 편지를 썼더군. 열 받은 나는 어느 카페로 갔어. 거기서 좀 괜찮아 보이는 여자가 혼자서 술을 마시고 있더군."

"나이는?"

"서른다섯 살."

"휴, 더 낫네."

"그 여자에게 말을 시켰지. 직업이 뭐냐고 물었어. 파리 주교의 비서라더군. 난 감탄하는 표정을 지으며 휘파람을 불었지. 그리고 그 여자에게 난 무신론자라고 밝혔어. 나야 아담도 이브도 몰랐으니 곧바로 목적을 말했지. '호텔로 갈까요?' 그러자 여자는 크게 놀라더군. 하지만 그 다음에 여자는 그러자고 했어. 맥주도 다 안 마시더군. 나중에 그 여자와 난 팔짱을 끼고 함께 호텔에서 나왔어."

주교의 비서. 불쌍한 여자이기도 했다. 그 여자의 남편은 딴 여자와 줄행랑을 쳤다. 그래서 그 여자의 기분이 그렇게 우울했던 거였다. 그 여자는 살면서 <u>오르가슴</u>을 느껴본 적이 없다고 했다.

그 여자가 세상에서 가장 바란 게 오르가슴이었는데. 이제 그 여자의 결혼 생활은 실패로 돌아갔다. '난 최대한 많은 남자들과 잠자리를 할 거예요. 당신이 그 중 첫 번째 남자가 된 거죠. 자, 내게 엄청난 오르가슴을 느끼게 해줘요!'

"그런데 듣기가 괴로워. 아무 감정 없이 오로지 쾌락만을 위해 섹스를 하는 당신 이야기 말이야. 정말 충격이야."

"그럼 당신은……. 누군가와 잠자리를 할 때마다 복잡하고 격렬한 애정에 빠진다는 거군. 그렇게 하다 보면 몇 주의 시간이 걸릴 수도 있고 결국 지치게 되지. 짜증나지 않아? 난 적어도 본능에 따라 행동해."

"그게 더 역겹지. 그렇게 하는 당신이 동물 같아."

이런저런 고백으로 정신이 없었다. 난 결산을 내보려고 했다. 마틸드는 4점. 마지막 남자와의 이야기는 5점. 나는 공식적인 버전에 따르면 7점, 비공식적인 버전에 따르면 9점. 폴린을 포함하면 10점. 물론 난 마틸드의 고백을 들으며 질투심도 생기고 열도 받았지만 그게 전부는 아니었다. 안심이 되기도 했다. 지금까지는 내가 악역을 맡았다. 이제까지 난 바람도 잘 피우고 변덕스런 남자였다. 반면 마틸드는 의무를 다하는 존경할 만한 여자란 인상을 주었다. 점수는 중요하지 않았다. 오늘 마틸드와 난 비겼으니까.

난 부드러운 목소리로 이렇게 물었다.

"왜 우리는 언제나 다른 곳을 바라보고 싶어했을까?"

"서로에게 만족을 못했으니까."

"그렇게 생각해?"

"그렇지 않아? 난 이제까지 한 번도 당신을 편하게 원해본 적이 없었어. 당신과 사랑을 나누는 게 언제나 어려웠지. 그러다 보니 당신과 사랑을 나누고 싶은 마음이 쉽게 안 들었어. 지금도 기억나는데, 처음에 당신과 잠자리를 했을 때 충격을 받았어. 당신이 너무 거칠었거든. 시적인 낭만은 전혀 없었어. 다정함도 느껴지지 않았고. 당신이 내 몸에 들어올 때마다 강간을 당하는 것 같은 느낌이 들었어. 당신과 사는 동안 마지못해 잠자리를 했어. 당신을 사랑했지만 육체적으로 당신과 사랑을 나눌 때는 늘 강간당하는 느낌이었어."

"내 생각은 달라. 난 늘 불안했어. 우리가 사랑을 충분히 나누질 않았기 때문에 언제나 허전하기도 했고."

"최소 이틀에 한 번은 사랑을 나눴잖아! 오래 사는 커플치고 그 정도면 잠자리를 굉장히 많이 하는 거야."

"그럴지도 모르지. 하지만 하루에 한 번만이라도 당신과 사랑을 나누려면 엄청난 노력을 해야 했어. 스물네 시간을 잠자리 없이 그냥 넘어가면 정말 죽을 맛이었지. 상실감도 느껴지기 시작했어. 나 자신이 살아 있는 사람이 아닌 죽은 사람 같았어."

"섹스에 대해서는 당신이 정상적인 적이 없었어. 분명히 말하지만 당신은 다른 사람들과 달라."

"그런데 어떻게 해서 우리가 12년이라는 오랜 세월 동안 함께 살았을까?"

내가 물었다.

"기묘하지. 우린 언제나 관계가 위태위태했는데 말이야."

"커플은 거의 그런 것 같지 않아? 하지만 아무리 가까운 커플이라고 해도 서로 상처 주며 관계를 망쳐가는 건 정말 이해가 안 가. 잘못된 관례야."

8월 11일 금요일

우린 마침내 적당한 색깔을 찾았다

　마틸드와 함께 매니큐어 매장에 있었다. 사실, 마틸드는 매니큐어를 좋아하지 않아 지금까지 칠한 적이 없었다. 난 그녀에게 매니큐어를 칠해보라고 계속 부추겼고, 결국 그녀도 한번 칠해보기로 했다. 검은색 매니큐어는 그녀에게 어울리지 않았다. 50대 여자에게나 어울리는 색이었다. 밝은 베이지 빛이 감도는 핑크색은 밋밋했다. 갈색은 튀어 보이는 여자들에게나 어울렸고, 베고니아색은 수수한 아름다움을 지닌 여자들에게 어울렸다. 모나코 매니큐어는 광택이 너무 심했다. 튤립색은 그녀의 피부색과 어울리지 않았다. 우린 마침내 적당한 색깔을 찾았다. 아이다호, 아이다호. 주홍색과 갈색이 완벽하게 잘 섞여 고상하고 여성스런 ㄴ

낌을 주는 색이라 일광욕한 그녀의 구릿빛 피부와 잘 어울렸다. 그녀는 망설이다가 내가 설득하자 따랐다. 난 그녀에게 아이다호 매니큐어와 제광액을 사주었다. 내 옆에 있던 그녀는 감동한 것 같았다. 하긴, 그녀에게 이렇게 신경을 써준 적이 없었지. 그녀에게 예쁘게 꾸며보라고 해본 적이 없긴 했다. 그녀가 다른 남자들과 어울릴까 봐 질투해서 그런 건 아니었다. 그냥 그녀에게 무심했기 때문이다.

8월 12일 토요일
아직까지는 그럭저럭 싱싱했다

만일 내가 삐딱한 극좌파라면 대충 이렇게 말할 것 같았다. '여기저기서 가짜가 판을 치고 진짜는 사라지고 있으며 인위적인 것이 진짜를 대신하고 있다. 우리가 사는 숲 속에 예측할 수 없는 길은 더 이상 없고 표지가 세워진 장거리 레이스 코스만이 있다. 맛있는 자연산 토마토는 더 이상 없고 어색한 붉은색에 스펀지처럼 푸석푸석한 토마토만이 있다. 분말 커피는 더 이상 없고 브랜드 커피메이커 용으로 사용하는 화학 캡슐만이 있다. 그리고 온정, 벽난로에 모여 즐기던 따뜻한 저녁 모임은 사라지고 혼자서 미국 드라마 시리즈를 보며 보내는 황량함이 자리잡고 있다. 가족끼리 식사하는 모습은 사라지고 텔레비전을 보면서 저녁을 먹는 모습이 새로운 풍속으로 자리 잡았다. 천재, 저주 받은 예술가는 더 이상 없고 문화를 팔아먹는 사람과 지나치게 상업적인 '딴따라'들만이 판을 치고 있다. 오렌지 주스 대신 비타민 C 드롭스가 있다. 존경을 자아내던 아름다운 글은 더 이상 없고 가벼운 말과 헛소리에 지나지 않는 글 같지 않은 글이 표준으로 자리 잡아가고 있다. 신념으로 가득한 정치인은 더 이상 보이지 않고 파렴치한 사기꾼에 위압적인 정치인만이 판을 치고 있다. 고통을 참고 유한한 삶을 이겨가는 인간은 더 이상 없고 사회봉사자나 심리학자, 코치의 도움이 없이는 불안해 살 수 없는 덜 떨어진 인간만이 있다. 취미를 즐기는 사람은 없어지고 토요일마다 쇼핑센터로 우르르 몰려 달리는 개성 없는 사람만이 있다. 종교 교리는 사라지고 뉴에이지 신앙생활이 생겨났다. 사랑에 빠진 커플은 더 이상 없다. 커플은 더 이상 없다.'

만일 내가 삐딱한 극좌파라면 난 세상에 보잘것없는 것을 토해내며 복수할 것 같았다. 진심으로 사랑하는 남자와 여자가 아직 있긴 한 걸까?

마틸드와 나를 보라. 우리는 근사한 레스토랑에 앉아 있었다. 클뤼니수아 마을에 있는 로마네스크 양식의 성당 맞은편에 위치한 레스토랑이었다. 그녀와 난 차를 홀짝홀짝 마시고 있었다. 머리를 풀어헤친 마틸드는 이탈리아에서 요란한 휴가를 보내면서 피부가 구릿빛이 되었다. 그녀의 눈은 날카롭게 빛나고 있었다.

피아니스트의 손가락처럼 기다란 그녀의 손가락에는 아이다호 매니큐어가 칠해져 있었다. 그리고 그녀의 입술에는 립스틱이 칠해져 있었다. 그녀는 차를 조금씩 마셨다. 나도 그랬다. …… 지금까지 내 모습에 대해서는 묘사한 적이 없다. 독자 여러분이 나를 좀 더 쉽게 상상할 수 있도록 모습을 알려주겠다. 일단 색으로 말하면, 푸른색 눈(태어날 때부터 매일 칭찬을 듣는 눈이다)은 강렬한 느낌을 주고, 흰 피부는 낭만적이며, 미소는 상대방을 녹이고 매력적이며, 앞니는 말의 치아처럼 반짝반짝 빛난다. 내가 스스로 너무 잘생긴 것처럼 말했나. 나 자신에게서 마음에 안 드는 점이 있다면 이런 외모를 일 년 이상 싫어했다는 사실이다. '에이!' 독자 여러분이 가소롭다는 듯이 이렇게 외칠지도 모르겠다. 요즘 프랑스 문학은 나르시시즘에 빠졌고 더 이상 상상력이 없다. 그래서 독자 여러분의 감수성을 생각해서 이렇게 적당한 순간을 기다렸다가 내가 얼마나 매력적인 외모의 남자인지 알려주게 된 것이다. 아폴론 신도 내 옆에 서면 빛이 바랠 것이 분명하다. 패션지 사진에 나오는 모델 같은 마틸드와 나는 아직까지는 그럭저럭 싱싱했다. 우리는 해가 긴 여름날의 저녁을 맞아 서로 마주 보며 저녁식사를 했다.

그랬다. 하지만 미묘한 갈등이 우리의 마음을 좀먹고 있었다. 겉보기에 마틸드와 나는 다정한 커플처럼 보였다. 티크 나무 탁자 위에서 난 그녀의 손을 꽉 잡았다. 우리는 서로 오랫동안 쳐다보면서 다정한 커플 흉내를 냈다. 그녀와 나는 신나게 대화를 나누었다. 하지만 사실 우리 사이는 엉망진창이었다. 우리의 관계는 이미 악화될 대로 악화되었고, 서로 상대를 원하지도 않았다. 우린 이미 헤어진 커플이었다. 마틸드는 다른 남자와의 삶을 꿈꾸고 있었다. 나는 지금 이 저녁식사가 끝나고 어떤 일이 일어날지 생각했다. 그녀와 내가 진짜 다정한 커플이라면, 정말로 하고 싶은 일이 있었다. 차를 구석에 주차해놓고, 이 지역의 푸른 초원들 가운데 한 울타리를 뛰어넘어가 풀숲에서 알몸으로 달빛을 받으며 오랫동안 사랑을 나누는 것이었다.

 나는 식사비를 지불했다.
 마틸드와 나는 레스토랑을 나왔다. 그녀는 내 팔을 잡고 저녁 잘 먹었다며 내 뺨에 입을 맞추었다. 우리는 주차장까지 갔다. 멀리서 야행성 맹금류의 우는 소리가 들렸다. 나는 차에 시동을 걸었다. 그녀와 내가 탄 차는 지방도로를 지났다. 자동차의 전조등을 켜자 궁륭 모양의 깊은 국유림이 보였다. 그녀는 내 옆에 앉아 있었다. 난 그녀를 원했다. 왜 아니겠는가? 옆쪽에 흙더미가 보였다. 난 차를 세우고 시동을 껐다. 내 아랫도리는 이미 바지 사이에서 터질 것처럼 커진 상태였다.
 "알렉상드르, 왜 그래? 어디 아파? 피곤해?"
 "아냐."
 난 약간 느끼하면서도 매력적인 표정을 지으려고 노력하며 그녀의 눈을 뚫어져라 바라보았다. 성적으로 흥분했다는 묘한 미소를 지어 보였다.

"안 돼, 알렉상드르. 여기선 싫어."

"왜? 우리 둘만 있는데. 자연 속에서 하면 분위기도 있고."

"준비가 안 되었단 말이야. 저녁 먹은 지 얼마 안 됐어. 지금 배가 너무 불러."

"나도 배는 불러. 그러면 어때?"

"솔직히 지금 내 배가 얼마나 부풀어 올랐는지 몰라."

난 그녀의 어깨를 잡고는 마틸드의 옷 틈으로 손을 넣어 둥근 배를 만진 후 가슴 아래를 만졌다.

"제발 부탁이야, 이러지 마."

마틸드가 투덜거렸다.

"그래도 해야겠다면? 강제로라도 해야겠다면? 할 수 있어……."

마틸드는 특별히 겁먹은 것 같지는 않았다.

"매번 똑같은 말 하지 말자. 난 지금 자고 싶어. 그뿐이야. 집으로 돌아가자고."

난 체념한 채 다시 시동을 걸었다. 저녁식사 값으로 얼마를 썼는지 생각했다. 오늘 저녁에 헛돈만 날린 셈이었다.

8월 13일 일요일

마틸드의 꿈

마틸드는 자고 있었다.

지금 그녀는 내 옆에서 잠이 들었다. 난 뭔지 모를 당혹감에 휩싸였다. 그녀가 날 피하는 것 같았다. 피곤해서 자는 게 아니라 단지 날 배려하지 않는 이기심으로 자는 것 같았다. 내 곁에서 자면서 내가 곁에 있든 말든 관심 없다는 행동을 보였다. 마틸드는 애인 생각을 하거나 애인과 있으면 활기가 넘쳤지만 나와 있을 때는 밤마다 그냥 축 늘어져 잤다. 난 질투가 났다. 그녀를 향한 소유욕이 너무 심한 나머지 그녀가 꿈속에서 다른 애인들을 만나는 것 같아 괴로웠다.

마틸드 옆에서 난 잠을 이루지 못했다. 어둠 속에서 나를 없는 사람 취급하며 날 피하고 내가 애원해도 들은 척도 하지 않는 아름다운 여자 마틸드. 그런 그녀가 좋았다.

난 사랑을 싫어하는 것 같았다. 사랑을 하면 자유로움도 끝이라 그게 싫은 것 같았다.

8월 14일 월요일
불그스름한 저녁노을

"이런 말하기에 적당한 때는 아니지만 당신의 아랫도리가 좋아."

내가 말했다.

"왜? 내 아랫도리가 뭐 특별해?"

우리 식구는 차를 타고 갓길을 달리고 있었다. 나와 마틸드는 소곤거리며 말을 했다. 쥘리앵이 잠이 들어서였다. 쥘리앵은 티셔츠에 침을 줄줄 흘리며 정신없이 자고 있었다. 우리를 따라 하루 종일 돌아다녔으니 피곤하겠지. 그래서 저렇게 정신없이 자는 거겠지. 마틸드와 난 쥘리앵을 끌고 가게와 놀이터, 카페테라스, 성당을 다녔다. 아이를 데리고 열심히 돌아다니던 부모가 지금은 아이가 낮잠에서 깰까 봐 걱정하고 있었다. 쥘리앵이 푹 자고 일어나길 바랐다. 어쨌든 지금 우리가 탄 차는 국도를 지나 친구 집으로 가고 있었다. 친구가 우리를 기다리고 있는 집으로. 우리 식구는 식사 전에 도착할 것 같았다. 마틸드는 오래 걸어 퉁퉁 부은 발을 열심히 주무르고 있었다. 이렇게 은밀하고 야한 상황도 없을 것 같았다. 도대체 왜 난 마틸드에게 이 상황에서 그녀의 아랫도리 이야기를 꺼낸 걸까? 썰렁해진 휴가 분위기를 밝게 바꿔보고자 장난으로 한 이야기였다.

마틸드는 그 다음 이야기가 궁금하다는 표정으로 나를 쳐다보았다. 이야기를 계속하는 건 어렵지 않았다. 당연히 깊은 이야기를 할 수 있었다.

"우선, 당신의 아랫도리는 털을 뽑지 않아 마음에 들어."

"그 말은 폴린은 아랫도리의 털을 뽑았단 거군."

"맞았어. 그리고 어떻게 말해야 할지 모르겠지만, 당신의 아랫도리는 음순이 작아. 클리토리스도 평균보다 짧고 말이야. 어떻게 보면 음순이 작은 건 비정상일 수도 있지만 난 음순이 크지 않은 게 좋아."

"왜?"

"음순이 고기가 축 늘어진 것처럼 큰 여자들이 있어. 아랫도리에 살이 많이 붙은 여자들이지. 보기 흉해. 오히려 성욕을 감퇴시키지. 하지만 당신의 아랫도리는 예쁘고 잘 닫혀 있고 동그래서 마치 조각상의 성기 같아."

"그러면 내 아랫도리는 다른 여자들의 것과 달라?"

"기본적으로 그렇지는 않아. 아니다. 한 가지 다른 점이 있다. 당신의 아랫도리 음순엔 털이 치구 쪽보다 더 많아. 보통 다른 여자들은 그 반대지……."

"아 그래, 잘 봤네."

"당연하지. 내가 당신에 대해 모르는 게 어디 있나."

창문을 내리자 차에서 자고 있던 쥘리앵이 크게 한숨을 쉬었다. 마틸드와 난 쥘리앵을 흘끗 봤다. 쥘리앵은 여전히 90도 각도로 머리를 기울인 채 덜커덩거리는 차에 맞춰 흔들리며 자고 있었다. 쥘리앵의 몸을 받쳐줄 만한 게 없었다.

"그런 말을 하다니 더러워. 이제 난 그 누구 앞에서도 옷 벗을 엄두가 안 날 것 같단 말이야."

마틸드가 얼굴을 붉히며 말했다.

"아래쪽으로 갈수록 털이 무성해서? 창피해할 필요 없어. 아랫도리에서 갈라진 틈에 털이 많으면 마치 성게 같지."

저 멀리서 태양이 수평선에 닿는 것처럼 보였다. 뭉게구름 사이로 불그스름한 노을이 지나갔다.

"이제 당신 차례야."

내가 말했다.

"뭘?"

"이제 내 물건에 대해 말해보라고. 다른 남자들 것도 봤을 테니 비교가 가능하잖아. 어떻게 생각하는지 말해봐."

"좋아."

마틸드가 미소를 지었다. 그녀는 정말로 변했다. 몇 달 전에 이런 주제로 대화를 나눴다면 그녀는 짜증을 냈을 것이다.

"우선 당신 건 아주 굵어서 스스로 만족하겠지. 내가 이제까지 본 남자 성기 중 당신의 성기가 가장 굵었으니까."

"아주 좋은데."

"아, 의기양양해할 것 없어. 내 경험에 따르면 성기가 크다고 여자에게 만족감을 많이 주는 건 아니니까. 오히려 그 반대야. 몇 년 동안, 쥘리앵을 낳을 때까지 당신과 잠자리를 하면 정말 아팠으니까."

"마음대로 날 실망시켜봐. 그래도 난 당신 애인들보다 물건이 튼실하다니 기분은 좋으니까. 그럼 모양은 어떤데?"

"모양은 …… 당신 성기는 너무 곧아. 직선처럼 말이야."

"그러니까 당신 애인의 성기는 휘었다는 거군."

"휜 건 아니지만, 약간 비뚤어진 모양이지. 그런데 당신의 성기는 …… 마치 막대기나 금속 봉 같아. 너무 단단해. 사랑을 나눌 때도 당신 성기는 말랑말랑해지지가 않아. 다른 남자들은 성기가 딱딱해지기도 하고 말랑해지기도 하면서 변화가 있는데……. 그래서 당신의 아랫도리가 내 몸에 들어오면 마치 검이 몸속에 들어오는 것 같은 느낌이었어. 그래, 그거야, 검이나 단도 같았어."

차 안에서 조그만 목소리가 들렸다.

"아빠……."

쥘리앵은 조심하는 부모 같은 얼굴을 하고 있었다. 조금 있으면 여섯 살이 되는 아들을 위해서 우리는 어설프게나마 부모 노릇을 했다. 쥘리앵, 성게 같은 엄마의 성기와 칼날 같은 아빠의 성기가 결합해서 나온 아이.
"그래, 쥘리앵, 뭐 필요해?"

8월 16일 수요일

소변 볼 때
화장실 변기에 조준 하나 딱딱 못하잖아

"지겨워, 이젠 나도 몰라."

독자 여러분은 부부싸움을 할 때 어떨지 모르지만, 난 마틸드가 싸움을 걸어오면 몸이 덜덜 떨렸다. 그녀가 화를 내며 짜증을 부리면 난 완전히 쪼그라들었다. 땅속에라도 기어 들어가고 싶은 심정이었다. 난 충돌하는 게 정말 싫었다. 충돌하는 순간 부부나 커플 관계는 싸움장으로 변하는 것 같았다. 마틸드와 달리 난 화를 낼 줄 몰랐다. 설령 너무 화가 나도 난 공격하는 척만 하지 이내 수그러들고 말았다. 우스운 상황이기는 했다. 난 자신감이 부족하기 때문에 싸움에서 이기기가 힘들었다. 내 주장을 하기에는 너무나 회의적인 성격이었다.

"당신은 결혼하자고, 미래를 설계하자고 했지. 날 사랑한다고 했고. 하지만 난 아냐. 준비가 안 되었다고."

마틸드는 마치 연극을 하듯이 창문에 기댄 채 꼿꼿하게 서 있었다. 마침 난 침대에 누워 잡지를 읽고 있었다. 창문 앞에 서 있는 마틸드와 비교했을 때 난 마치 항복하여 고분고분한 사람처럼 보였다. 난 신발을 벗었다. 그러자 그녀가 눈썹을 추켜세웠고 이마를 황소의 등뼈처럼 울퉁불퉁하게 만들었다. 그녀가 뿔났다. 내 구멍 난 양말에서 굵은 발가락들이 빠져나와 있었다. 이런 내가 어떻게 그녀의 눈에 미덥게 보일 수 있을까?

"당신은 이 집에서 다시 살겠다고 들어왔지만 난 당신이 여기에 있는 게 싫어. 당신이 탁자에서 일어나 숨을 쉴 때 와인 냄새가 나 미치겠어. 당신이 입던 더러운 옷가지들은 내가 빨아야 해. 당신을 위해 설거지하는 것도 이제는 신물 난단 말이야. 그뿐인 줄 알아? 당신은 소변 볼 때 화장실 변기에 조준 하나 딱딱 못하잖아. 그러니 그 더러운 소변은 내가 치워야 해. 정말 짜증나. 당신에게 요리를 해다 바치는 것도, 매일 세 끼를 정해진 시간에 당신과 꼬박 꼬박 먹는 것도 짜증나. 당신 얼굴 보는 것도 신물 나. 더 이상 의무적으로 당신과 관계 맺어야 하는 것도 못 참겠어. 정 성욕을 못 참겠으면 주사나 맞아봐. 난 더 이상 해결책을 찾을 수가 없으니까."

봄에 퍼붓는 소나기처럼 그녀는 내게 마구 불만사항을 퍼부어댔다. 그저 소나기가 지나가기만 기다리면 될 것 같았다. 그녀는 가족 때문에 삶이 짜증났던 것이다. 그러니 마틸드가 주변에 대고 화를 내며 불평하다가 화를 가라앉히는 게 당연했다.

"난 혼자 있고 싶어. 알아들어? 내가 뭘 요구하는지 듣고 있는 거야?"

이제 마틸드는 울었다. 난 가볍게 고개를 들어 품위를 지키며 관대한 척을 했다. 난 냉정해질수록 상대가 화를 내면 대처를 잘 하지 못했다. 그리고 그녀는 화를 내면 낼수록 분노를 주체하지 못했다. 이제 그녀는 눈물까지 보이고 있었다. 그런 그녀의 모습은 마치 라신의 비극에서 빠져나온 여주인공을 연기하는 배우 같았다. 피날레를 연기하는 여배우. 그런데 지금 우리는 21세기를 살아가는 사람이 아니던가. 어이! 이제 끝났다. 마틸드, 열정적인 사랑을 아직 모르는 거야? 우리는 이제 포스트모더니즘 시대를 맞았다. 우리에게는 더 이상 심각할 것도 없었다. 지금 유행하는 건 견유주의, 적당한 쾌활함이었다. 비극배우처럼 과장하는 건 더 이상 통하지 않았다. 하지만 왜 그녀는 심각한 얼굴을 하고 뺨에 눈물을 흘리는 걸까?

8월 17일 목요일

욕망이 수그러들다

붉은색. 적갈색도, 자두색도 아니었다. 좀 더 여린 장밋빛이었다. 아니, 다홍색은 아니지만 다홍색에 가까운 붉은색이었다. 동화 속에 나오는 빨간 모자 소녀가 쓴 모자 색과 같은 붉은색이었다. 더구나 이런 붉은색은 지푸라기처럼 마른 금발 머리와 잘 어울렸다.

대담하지만 현명한 선택이었다.

폴린이 내 앞에 앉아 있었다. 그녀는 차를 마셨다. 이번 만남은 생각지도 못했다. 독자 여러분이 믿든 믿지 않든, 휴가에서 돌아와 이틀째 글을 쓰다 잠시 밖에 나갔다가 우연히 거리에서 그녀를 만났다. 마침 그녀는 사무실에서 나오는 길이었다. 우리는 서로 친절하게 미소를 지었다. 바보처럼 보이지는 않아도 거의 아무 생각 없이 그저 좋아서 짓는 미소였다. 폴린은 한잔하자는 내 말에 기꺼이 오케이 했다.

폴린이 입은 붉은색 블라우스가 가슴 부분에서 꽉 끼었다. 블라우스가 그녀에게 정말 잘 어울렸다. 비할 수 없이 멋진 폴린. 난 어쩔 수 없이 그녀의 얼굴에서 시선을 떼어 그녀의 옷 사이를 뚫어지게 바라봤다. 일반적으로 여자들은 남자들이 이렇게 흘끗 쳐다보는 것을 알게 되어도 꼭 싫어하지만은 않았다. 그녀와 나는 탁자에 손을 올려놓았다. 우리가 손끝과 손끝을 서로 마주 댈까? 아니었다. 그보다는 서로 할 이야기가 많았다.

"올 여름에 휴가 갔다 왔어?"

"응, 암스테르담에 갔다 왔어. 3주 동안. 거기서 난 미친 듯이 일했어. 거의 병원에서 나오지를 않았지."

"같이 간 사람 있었어?"

"그게, 저기……, 당신이 떠나고 나서 난 정말로 나 자신에게 많은 시간을 할애했어. 황량한 해안 가까이에 있는 친구 집에서 며칠을 보냈지. 물론 아무에게도 얘기하지 않고 갔어. 심지어 우리 엄마는 내가 실종된 줄 알고 경찰서에 전화까지 했다니까. …… 난 매일 일광욕도 하고 수영도 했지. 마음이 편했어. 그리고 휴가에서 돌아오자 Y가 돌아왔어. 그 남자 변했더라고."

"그럴 리가."

난 입을 삐죽거렸다.

"아냐, 정말이야. 그이는 더없이 상냥하게 변했어. 자기 잘못도 인정했고, 나한테 용서해달라고도 했지. 확실히 부드러워졌어. 물론, 그이는 엉터리 같은 수작을 늘어놓기도 했지만. 나와 헤어진 동안 여자 세 명과 사귀면서 '탄트라교 식'의 뜨거운 관계를 맺었다고 했어. 그이가 나한테 네덜란드로 여행을 가자고 했어. 그이는 글을 쓰려고 조용한 곳을 찾았고, 나도 번역을 의뢰 받은 게 있었고. 파리는 너무 더웠잖아. 사람들도 파리를 떠나 다른 곳으로 휴가를 떠났고. 파리는 사람들이 떠난 한증막인 셈이지."

"애써 변명하지 않아도 돼. 이해하니까."

내가 말했다.

솔직히 이해는 되지 않았다. 폴린이 다시 Y의 달콤한 말에 넘어간 게 이해가 되지 않았다. 이제야 그녀가 얼마나 주관이 없고 제정신이 아닌지 알게 되었다. 이해가 되는가? 폴린은 자신을 죽이려 했던 Y의 일을 잊고 있었다. 그 일에 대해 고소도 안 하지 않았는가. Y에게 경제적으로 의존하고 있는 것도 아닌데 왜 그렇게 사는지 이해가 되지 않았다. 더구나 결혼도 하지 않았고 외부 압력이 있는 것도 아니니 그녀가 Y와 함께 있어야 할 의무도 없었다. 성 불능에 폭력적인 Y를 그녀는 기꺼이 받아들였다. 심지어 그녀는 Y와 있는 게 더 낫다고 생각하고 있었다. 왜 이렇게 그녀는 Y를 이해하고 배려하는 것일까? 이해가 가지 않았다. 더구나 난 정신분석학자가 아니니 더욱 이해가 안 갈지도 몰랐다.

"이해해줘서 고마워. 어쨌든 Y와는 정말 믿을 수 없는 일이 일어났어. 그러니까 마침내 우리 두 사람이 함께 살 수 있게 된 거지."

폴린이 말했다.

"그러니까 Y가 발기 문제를 해결했다는 거야?"

폴린은 후덕한 미소를 지었다.

"아니, 아직 그 단계는 아냐. Y의 문제는 자신의 육체를 느끼지 않는 거지. 그이는 언제나 지적이고 논리적이려고만 하고 육체를 느끼려고 하지 않았어. 피부가 닿는 것도 싫어했지. 그런데 어느 날 저녁 암스테르담에서 그이가 놀라운 행동을 했어. 난 감동했지······."

"뭔데?"

"내게 키스를 했어."

"말도 안 돼. 혀로?"

"아니. 내 입술에 키스를 했어. 이건 대단한 발전이야. 내 입술에 키스하는 건 그이 평생 처음 있는 일이야. 정말 그래. 난 마치 다른 남자를 보는 것 같았어."

난 설탕 포장 종이를 구겼다. 폴린을 흘긋 봤다. 그녀는 내가 어떤 반응을 보일지 기다리고 있었다. 내가 동의해주기를 기다리고 있었다. 그녀는 이미 제정신이 아니었기 때문에 당연히 내가 동의해줄 거라 생각하고 있었다.

"우리끼리 이야기지만, 당신이란 여자는 꽤 ······ 뭐라고 해야 할까? ······ 꽤 적극적이지. 내숭을 떨지도 않고 말이야."

폴린은 다시 살이 붙었다. 편안해 보였다.

"당신처럼 섹스 좋아하는 여자가 밋밋한 성관계에 겨울이 찾아올 때 어쩌려고? 당신과 사랑을 나눌 수 없는 남자를 어떻게 견딜지 이해가 안 돼."

"아, 그건……, 그렇게 심각한 게 아냐. 내가 하고 싶은 말은 치료 기술이 발달했다는 거야. Y는 정신질환자 같은 면이 있지만 도와주면 점차 건강을 회복할 수 있을 거라고 봐. 어느 여성 환자가 정신과 의사에게 이렇게 이야기하더래. '언젠가 자전거를 탈 수 있을 거예요.' 나도 이 환자 같은 희망을 품고 있어. Y와 함께 있다 보면 언젠가, 몇 달이나 몇 년이 지나면 그이도 페달이 정상이 되지 않을까?"

"그러면 그동안은?"

"내 인생을 불쌍하게 볼 것 없어. 내 욕구불만을 어떻게 풀지는 앞으로 생각해봐야지."

폴린은 내게 묘한 눈짓을 했다.

폴린이 입은 붉은색 블라우스가 매력적으로 다가왔다. 은은하게 뿌린 그녀의 화장수 향기가 내 코를 자극했다. 하지만 지금은 그녀에 대한 욕구가 가라앉았다. 그녀가 Y와의 우여곡절을 이야기해주니 내 흥분도 가라앉았다.

블라우스 때문에 끌렸다가 말을 들으며 욕구가 사그라진 것이었다.

8월 17일 목요일

난 코카인을 해본 적이 한 번도 없었다

마틸드는 지금 어디에 있는 걸까?

친구들과 한잔하러 나갔다.

그렇게 마틸드가 이야기했으니 믿어야겠지.

전화벨이 울렸다. 난 전화를 받았다. 거의 미치기 일보 직전인 듯한 여자 목소리가 수화기에서 들려왔다. 그 여자의 목소리는 마치 불꽃 주변을 날아다니는 나비처럼 정신이 없어 보였다.

"안녕하세요, 마틸드 씨와 통화를 하고 싶은데요."

"나갔습니다. 메시지 전해드릴까요?"

"아뇨, 제가 다시 걸겠습니다."

처음 듣는 목소리였다. 콧소리가 많이 나는 전형적인 프랑스 여자의 목소리였다. 마틸드와 내가 아는 사람은 아닌 듯했다. 그런데 머리가 역시 잘 돌아가는 나는 전화기 액정화면에 뜬 전화번호를 적어두었다. 유선전화의 번호였다. 난 방에 혼자 있었다. 바람이 불고 있었다. 바깥의 나뭇가지들이 '똑똑' 노크하듯이 창문에 부딪쳤다. 난 숨을 깊이 들이쉬고 마음을 가라앉힌 다음 방금 전화 온 여자의 전화번호로 다시 걸었다.

"안녕하세요, 사실 댁이 누구인지는 모르지만 짐작은 갑니다."
내가 침착하게 말했다.
"아세요?"
"예, 마틸드가 만나는 남자의 아내이신 것 같은데요."
"마틸드 씨가 제 남자와 관계를 갖고 있어요."
"알고 있습니다."
"관계는 몇 달째 계속되고 있어요."

아주 좋은 기회였다. 마침내 마틸드의 최근 애인이 누구인지 미스터리를 밝힐 수 있어서였다. 모자란 부분을 채워 이야기를 재구성할 수 있을 거란 생각이 들었다. 아무리 마틸드와 서로 솔직하게 이야기를 했다 해도 그녀는 최근 애인이 누구인지에 대해서는 침묵을 지키고 있었다. 마틸드는 그 남자의 이름을 말해주지 않으려 했다. 그 남자 때문에 그녀가 6월에 날 떠나지 않았는가. 그 남자의 직업에 대해서도 그녀는 말해주려 하지 않았다.

마틸드가 침묵을 지키니 오히려 난 이런저런 억측을 했다. 그녀가 만나는 남자가 유명인이라 신원을 보장해주려는 건가 하는 생각이 들기도 했다. 하지만 그녀가 유명인을 어디서 만날 수 있었겠는가? 아니면 최근 몇 달 동안 그녀는 자격증을 다시 딴다고 수업을 들었는데 거기서 만난 강사일 수도 있었다. 그녀는 사람을 계급이나 직업에 따라 바라보는 사회의 편견을 안 좋게 보는 성격이었다. 그녀의 남자는 경찰, 세관원, 소방관, 주유소 직원, 경비원, 최저수당을 받는 사람, 또는 부인과 의사일 수도 있었다. 이른바 함께 있으면 좀 '쪽팔리는' 직업이나 계급의 사람들.

마틸드는 만나는 남자의 이름이나 직업, 가족관계에 대해서는 알려주려고 하지 않았지만 그 남자의 성격에 대해서는 여러 번 이야기해주었다. 나와는 무척 다른 남자라는 암시를 주었다. 다정하고 정중하며 참을성이 많고 예의가 바른 남자라고 했다. 그녀의 이야기대로라면 매너있는 남자인 것 같았다. 예를 들어 나에 대해 무례한 말을 하지는 않을 남자 같았다. 존경을 받는 남자일 것 같았다. 너그러운 성격의 남자니 연애에서도 다정다감할 것 같았다. 비열하게 남의 여자를 빼앗아간 엉큼한 놈. 그놈이 그녀에게 친절하게 알랑거린 게 분명했다.

"이렇게 하죠. 댁의 남편과 마틸드에 대해 아시는 게 있으면 전부 말해주세요. 그럼, 저도 알고 있는 걸 얘기해드리죠. 그렇게 하면 함께 퍼즐을 완성할 수 있을 겁니다."

내가 말했다.

"좋아요(여자는 말을 끊을 때마다 흑흑거리며 울었다. 그런 다음 여자는 눈물과 콧물을 삼키려고 애쓰며 코맹맹이 소리를 냈다)……."

"처음부터 시작해보죠. 댁의 남편은 이름이 어떻게 되죠?"

"스테판……."

"나이는요?"

"서른두 살."

"두 분 사이에 아이가 있습니까?"

"예……, 막내는 …… 올해 태어났어요."

"스테판 씨는 직업이 뭐죠?"

"아……, 모르세요? 그이와 마틸드 씨는 같은 수업을 들었어요. 같은 그룹이었고요. 그래서 두 사람은 매일 만났죠……."

"두 사람의 관계가 언제 처음 시작됐는지 아세요?"

"4월 같아요……."

"제 생각으로는 두 사람이 처음 잠자리를 한 게 6월부터인 것 같습니다."

"확실해요?"

"거의요. 제가 알기로 두 사람의 관계는 서서히 발전했습니다. 처음에는 산책을 하고 가끔 둘이서 점심을 먹다가 스테판 씨가 마틸드에게 책과 CD를 빌려주었겠죠. 두 사람은 이메일을 주고받았을 겁니다. 거기다 스테판 씨가 마틸드에게 장문의 사랑 고백 편지를 이메일로 보내 유혹한 거죠. 그 당시 저와 마틸드는 사이가 아주 안 좋았어요. …… 더 이상 다정하게 시간을 보내지도 않았고요. 6월 초에 저의 두 사람은 '휴식기'를 갖기로 했습니다.

그때부터 마틸드는 자유로워져 거침이 없었고요…….”

"스테판이 …… 제게 거짓말을 했군요. 무심하고 가증스럽게도……. 그이는 외출할 때마다 어디에 간다고 이야기하기 싫어했어요. …… 마틸드 씨는 목요일마다 집을 자주 비웠나요?"

"어……, 그런 것 같지는 않은데요."

"그래요? 이상하군요. 저희 집에는 일종의 규칙 같은 게 있어요. 화요일은 제가 친구들과 외출하는 날이고 목요일은 그이의 날이죠. …… 서로에게 자유를 좀 주는 편이에요."

"전 7월 초에 컴백했습니다. 집에 다시 들어온 거죠. 마틸드에게 사랑한다고 이야기했습니다. 마틸드는 스테판과의 관계에 대해 생각하기로 했고, 저희는 함께 이탈리아에서 휴가를 보내기로 한 거죠."

"스테판과 마틸드 씨 두 사람 사이가 삐걱거렸다뇨. …… 제가 전화요금 고지서를 전부 갖고 있는데 분명히 7월 28일까지 두 사람은 끊임없이 통화했어요. 전화로 서너 시간 이야기할 때가 많았다고요……."

"전 아들과 먼저 이탈리아에 갔습니다. 마틸드는 제가 없는 동안에 다른 남자를 만나지는 않을 거라 했고요."

"순진하시군요. …… 지금 이 순간에도 마틸드 씨가 어디에 있는지 아시나요?"

"친구들과 한잔하러 갔습니다."

"확실한가요?"

"마틸드가 그렇게 말했으니까요."

"전 그이와 마틸드 씨가 지금 같이 있다고 생각해요."

"왜죠?"

"요즘 스테판은 누나 집에서 살아요. 누나가 휴가 중이거든요. 아까 저녁에 스테판에게 전화를 걸었는데 그 사람의 목소리가 이상했어요. 태도도 냉담했고요. 그리고 결정적으로 의심할 수밖에 없는 이유가 있어요. 평소에 스테판은 전화를 끊기 전에 '나중에 봐, 자기.' 라고 하지만, 아까는 그냥 간단히 '안녕.' 이라고만 말했어요."

"그래서요?"

"스테판이 혼자가 아니라는 거죠. 마틸드 씨가 함께 있다는 거죠."

"두 사람의 관계는 둘 중 하나일 겁니다. 첫째, 두 사람이 진심으로 사랑하고 있고 이른바 '첫눈에 반한' 사랑일 수 있다는 거죠. 이 경우라면 달리 손 쓸 방도가 없습니다. 댁과 전 버림을 받은 거고 스테판 씨와 마틸드는 열정적인 사랑으로 더욱 깊은 관계가 되는 거고요. 둘째, 두 사람은 서로에 대해 느끼는 감정에 자신이 없죠. 그래서 긴장 상태고요. 댁과 저로서는 각자의 배우자 마음을 잡을 기회가 될 겁니다."

"가정을 다시 꾸리고 싶나요?"

여자가 물었다.

"예, 그쪽은요?"

"아, 저도요. …… 그이가 집으로 다시 돌아와 주었으면 좋겠어요. …… 날 위해서도, 아이들을 위해서도…….''

"스테판의 누나는 어디에 살죠?"

"르드뤼 롤랭 가에 살고 있어요."

"번지는요?"

"7번지."

"코드는 있나요?"

"아마도요. 자세히는 모르겠어요. 뭐 하시게요? 찾아가시려고요?"

"예, 두 사람이 지금 함께 있는지 확인해봐야죠. 그럼, 이만."

난 전화를 끊었다. 손이 경련이 일듯이 떨렸다. 난 헉헉거리며 숨을 쉬었다. 폐 아래에서 횡격막이 용수철처럼 뛰고 있었다. 몸이 더웠다. 분노의 감정이 일었다. 화도 났지만 침착해지기로 했다. 머릿속에서 생각이 빨리 움직였다. 난 코카인을 한 번도 해본 적은 없지만, 들은 말에 따르면 코카인을 했을 때 지금처럼 알 수 없는 극도로 강하고 날카로운 감정에 휩싸이게 된다고 한다.

그랬다. 난 르드뤼 롤랭 가 7번지로 갈 준비가 되었다. 아무런 문제도 없었다. 다행히 베이비시터가 우리 집에 나흘간 있으면서 쥘리앵의 남은 방학까지를 책임져주고 있었다. 지금 베이비시터는 쥘리앵의 방에서 매트리스를 깔고 자고 있었다. 그러니 난 아무 걱정 없이 집을 나가서 어둠 속을 달려 르드뤼 롤랭 가 7번지로 갈 수 있었다.

    집을 나서기 전에 억제할 수 없는 호기심에 사로잡혔다. 스테판과 같이 사는 그 동거녀의 말 가지고는 충분하지 않았다. 그 비열한 작자의 실체가 뭔지 끝까지 알고 싶었다. 6개월 전에 내가 마틸드에게 사주었던 노트북(사주지 말걸, 바보같이!)을 열었다. 전원을 켜고 검색을 했다. 이 검색 기능은 정말 좋았다. 예전에는 검색을 해도 파일 이름밖에 나오지 않았는데 지금은 검색한 단어가 있는 파일을 하드디스크에서 전부 찾을 수 있었다. 스테판이란 단어를 검색어에 넣고 엔터를 쳤다. 파일은 그리 많지 않았다. 스테판이 카페에서 만나자는 내용으로 보낸 메시지가 있었고, '개인적인 메시지 : 사랑해.' 란 메시지도 있었다. 평범했다. 난 숨은 보물을 찾듯 계속 파일을 찾았다. 컴퓨터 안에서 정열적인 사랑의 편지가 잠을 자고 있다가 화면으로 나왔다.

    진심이 담긴 편지
    사랑하는 연인
    스테판, 당신에게

    어제 저녁에 당신과 이런 토론을 했죠? 사랑에 대해, 당신의 사랑과 나의 사랑에 관해. 우리 서로 사랑에 대해 이야기하기로 계약을 맺어요. 그러면 우리 둘은 정말로 사랑에 대해 이야기할 수 있을 거예요…….

난 고개를 돌리지 않고 이 편지를 여러 번 읽었다. 외울 정도로 자세하게 읽었다. 그리고 이 편지를 복사해 인터넷에 접속해 내 개인 이메일로 보냈다. 보관하고 싶었다. 이 편지의 문학적인 가치를 평가해보려면 여러 번 읽는 수밖에 없었다. 이 편지를 읽고 또 읽었다. 나중에는 삶의 의욕까지 잃을 정도였다.

열심히 검색을 하는 동안 내 경쟁자의 성姓을 알게 되었다. 독자 여러분은 믿기 힘들지도 모르겠다. 마치 소설에나 나올 것 같은 특이한 성이었다. 마틸드의 애인은 이름이 스테판 쿠이야르였다. 쿠이야르COUILLARD. 독자 여러분도 제대로 읽었다. 멍청한 사람couillon과 바보천치connard를 완벽히 조합한 거였다. '내가 세상에서 가장 싫어하는 작자'에게 아주 잘 어울리는 성이었다.

2분 뒤

전혀 공격적이지 않은 사람

내 자전거가 눈에 띄었다. 난 자전거를 타고 달렸다. 바람에 옷자락이 펄럭였다. 주머니 안에 있던 휴대전화가 울렸다. 난 자전거를 몰며 휴대전화를 받았다.

"다시 저예요."

스테판의 아내였다. 여자는 걱정스러워하는 목소리였다.

"괜찮은가요? 좀 두려워서요."

여자는 내게 주소를 알려준 걸 후회했다. 내가 자기 남편에게 달려들어 어떻게 할까 봐? 여자는 날 알지 못했다. 내가 폭력적인 성격인지 어떤지 여자는 알지 못했다. 여자는 자기가 실수한 것 같아 바로잡으려고 애썼다.

"안심하세요. 스테판 씨를 해치거나 하지는 않을 겁니다. 범죄를 저지르지는 않으니까요."

내가 말했다.

"르드뤼 롤랭 가 7번지에 도착하면 제게 전화로 알려주시겠어요? 무엇을 보았고 어떤 일이 일어났는지 설명해주시겠어요?"

여자가 부탁했다.

"약속드리죠. 결과가 어떻든 소식 전해드리겠습니다."

목적지인 동네에는 간선도로들이 전부 모여 있었다. 디드로 대로. 도메닐 가. 리용 가. 넓고 한산한 길이었다. 파리지앵들은 대부분 휴가를 떠났다. 마로니에 잎사귀들이 바람에 날려 살랑살랑 흔들렸다. 마침내 난 르드뤼 롤랭 가 7번지 건물 앞에 도착했다. 외관은 흰색으로 현대적인 건물이었다. 난 자전거를 매어놓았다. 참 우스운 상황이었다. 지금 내 모습은 마치 시원한 밤 공기를 흠뻑 마시려는 사람처럼 보였다. 그런데 이런, 건물 안으로 들어가려면 코드를 알아야 했다. 난 숫자를 아무렇게나 눌렀다. 대각선 방향으로 눌러보기도 하고, 가로 방향으로 눌러보기도 하고, 세로 방향으로 눌러보기도 했다. 그러나 아무리 열심히 눌러도 현관문이 열리는 듯한 '찰각' 소리는 들리지 않았다.

보도에 서 있던 나는 건물 2층에 켜진 불빛을 보았다. 난 사람을 불렀다. 누군가 내 목소리를 들을 거라 확신하며 몇 번이고 사람을 불렀다. 몇 분 후 여자가 창문에 얼굴을 내밀었다. 히잡을 쓰고 있는 이 여자는 프랑스어를 거의 할 줄 몰랐다. 난 상황을 설명했다. 이 건물에 사는 스테판 쿠이야르와 약속을 했는데 코드를 잊어버렸다고. 여자는 내 말을 못 알아들었는지 고개를 절레절레 흔들더니 창문을 닫았다. 이제 건물 전체의 불이 꺼졌다. 스테판과 마틸드는 어디에 있는 걸까? 난 건물 안으로 못 들어가게 막고 있는 이 현관문을 저주했다. 투시력이 있으면 좋겠다는 생각, 벽을 통과하는 능력이 있다면 좋겠다는 생각을 했다. 주체할 수 없는 감정에 휩싸인 지금 왜 현관문이란 짜증나는 장애물에 막혀 오도 가도 못하고 있는 걸까?

길 맞은편에 식료품 가게가 있었다. 가게 문이 아직 열려 있었다. 가게 주인은 과일과 채소 바구니를 안으로 들이며 문 닫을 준비를 하고 있었다. 난 주머니 속을 뒤졌다. 주머니 속에는 동전이 하나밖에 없었다. 1유로 동전이었다. 집에서 나올 때 지갑도 가져오지 않았던 것이다.

난 가게 안으로 들어갔다. 선반은 방수포로 이미 덮여 있었다.

"오랑지나(프랑스에서 생산하는 오렌지맛 탄산음료) 하나 살 수 있을까요?"

가게 주인이 끄덕였다. 난 침착한 목소리로(누군가에게 앙갚음하러 간다는 인상을 주어서는 안 되었다) 가게 주인에게 이렇게 물었다.

"이 동네에 배달도 하시나요?"

"그렇습니다, 손님."

"잘됐군요. 맞은편에 있는 7번지 건물에 들어가고 싶어서요. 친구와 만나기로 약속을 했는데 코드를 모릅니다. 휴대전화를 깜빡 하고 안 가져와 전화를 걸 수도 없고요."

콧수염을 기르고 하와이안 반팔 셔츠를 입고 있던 가게 주인은 날 머리부터 발끝까지 쳐다보더니 담담한 목소리로 대답했다.

"코드 번호는 34A78입니다."

"감사합니다."

건물 안은 전형적인 1970년대 고급주택 분위기였다. 벽에 거울이 있어서 공간이 넓어 보였다. 바닥은 반들반들한 석회암으로 되어 있었다. 잎이 두툼한 식물이 자라는 높은 화단 주변에는 벽돌로 된 담장이 있었다. 그리고 인터폰이 내 눈앞에 있었다.

스테판 쿠이야르의 집에 인터폰을 했지만 아무런 응답이 없었다. 다시 한 번 인터폰을 했다. 여전히 아무런 응답이 없었다. 내 맥박이 팔딱팔딱 뛰었다. 다시 한 번 인터폰을 하기 전에 일단 속으로 30까지 세어서 화를 가라앉혔다. 이번에는 인터폰 벨을 오랫동안 '꾹' 눌렀다. 사람들이 문을 열고 뭐라 그래도 상관없었다. 전혀 상관 없었다. 이렇게 날카로운 인터폰 소리 때문에 사람들이 시끄러워 죽을 지경이고 행복을 방해받길 바랄 뿐이었다. 시끄러운 인터폰 소리에 사람들이 전부 섹스를 하다 말고 기겁했으면 좋겠다는 짓궂은 생각을 품었다.

마침내 인터폰에서 목소리가 들렸다.

"누구시죠?"

"안녕하세요. 알렉상드르입니다. 마틸드의 친구입니다……."

"알렉상드르……."

"예, 할 말이 있어서 왔습니다. 해를 끼치러 온 건 아니니 안심하십시오. 그저 대화를 하러 온 겁니다."

스테판이 문을 여는 소리가 났다. 기적이었다.

"몇 층이죠?"

"4층입니다."

중간에 또 놀라운 것을 발견했다. 엘리베이터였다. 엘리베이터 버튼이 대단히 현대적이었다. 버튼은 프로그래밍하게 되어 있었다. 어려운 시스템은 아니지만 나처럼 까다로웠다. 몇 분 정도 지나 이해하게 되었으니 말이다.

4층 복도는 불이 꺼져 있었다. 바닥에는 카펫이 깔려 있었다. 캄캄했다. 유리로 된 둥그런 형광등도 꺼져 있었다. 보이는 빛이라고는 열려 있는 스테판의 현관문에서 나오는 빛줄기뿐이었다.

문은 열려 있었지만 예의가 바른 나는 문을 노크해서 왔음을 알렸다. 스테판은 티셔츠 차림에 작은 안경을 끼고 있었다. 스테판의 짧은 갈색 머리카락은 더부룩했다. 스테판에 대한 첫인상은 위험해 보이지는 않는 사람 같았다. 오히려 겁이 많아 보이는 사람이었다. 난 스테판의 집 안으로 들어가자마자 긴장감을 누그러뜨리고 싸움할 뜻이 없다는 태도를 분명히 하고자 차가운 오랑지나 병을 내밀고는 이렇게 말했다.

"이것밖에 드릴 게 없군요."

이 말에는 두 가지 의미가 들어 있었다. 공격할 뜻이 없다고 안심시키면서도 '내 여자를 당신 따위에게 줄 수 없다.' 라고 미리 못 박아놓는 것이었다.

"여기에 있습니까?"

"누구 말씀인가요?"

"마틸드요. 여기 댁과 함께 있는 것 같은데요."

"아닙니다."

"정말입니까?"

"직접 확인해보시든가요."

마틸드가 어딘가에 숨어 있을지도 모른다는 상상을 했다. 마치 가벼운 희극에서 나오는 장면 같았다. 침대 아래, 벽장 속을 찾아봤다. 스테판이 보는 앞에서 집 안 여기저기를 돌아다녔다.

미국식 주방과 접이식 침대가 있는 20제곱미터 넓이의 거실에도 마틸드는 없었다. 유리문이 있는 샤워실에도 마틸드는 없었다. 커튼이 달린 작은 세탁실에도 전기온수기와 지저분한 빨랫감 더미밖에 없었다. 진짜로 이 자식 혼자 있었다. 난 침착하게 숨을 쉬었다. 마틸드가 없으니 스테판과 정말로 대화를 할 수 있을 것 같았다.

난 의자에 앉았고, 스테판도 맞은편 의자에 앉았다. 조금전까지만 해도 마틸드가 이 집에 있을 것 같아 정신없이 찾아다녔더니 머리가 어지러웠다. 그러나 지금은 스테판에게 관심이 쏠렸다. 난 스테퍈을 아래위로 훑어보았다. 어떻게 말해야 할까? 스데

판 쿠이야르는 잘생긴 얼굴은 아니었다. 그렇다고 못생긴 얼굴도 아니었다. 얼굴이 아주 둥그런 것이 수더분하게 생긴 타입이었다. 중학교에서 숙제는 잘 못하지만 시답지 않은 농담은 잘하며 끝에서 두 번째 앉아 있는 학생 같은 타입이었다. 상상이 가는가? 어쨌든 스테판은 그런 타입이었다.

   카리스마도, 사람을 끄는 특별한 매력도 없었다. 평범한 남자였다. 아주 조용한 남자. 화는 절대로 낼 것 같지 않은 사람 같았다. 한마디로 스테판은 전혀 공격적이지 않은 사람처럼 보였다. 이러한 점이 마틸드의 마음에 든 것 같았다. 스테판이란 이 남자는 뭔지 모를 편안함을 주었다. 안경 뒤로 소처럼 커다란 눈을 굴리고 있는 그는 차분해 보였다. 지나치게 차분해 남자다운 면이 없어 보였다. 만화책에 나오는 탱탱, 스피루, 또는 마수필라미처럼 전혀 남성스런 면이 없었다. 주변에는 그의 물건들이 여기저기 널려 있었다. 티셔츠는 널브러져 있었고, 가방은 열려 있었으며, 파일들도 여기저기 있었고, 종이들은 이곳저곳에 흩어져 있었다. 청소년이 사는 집 같았다. 스테판은 30대였지만 청소년 같은 면이 있었다.

"자, 이제 이야기를 해보죠."

"밖으로 나갈까요? 담배를 피우고 싶어서요."

스테판이 말했다.

스테판은 담뱃갑을 가져와서는 창문을 열었다. 그와 난 작은 테라스에 서 있었다.

스테판과 난 서 있었지만 간격을 두고 떨어져 있었다. 가득 찬 야자나무 두 그루처럼 떨어져 있었다. 어둠 속에서 그는 초조하게 담배를 피웠다. 정말로 평범한 남자였다. 서비스 업종에 종사하는 사람 같은 타입이었다. 친절하고 유순한 사람. 그는 담배를 입에 물고 멋있는 척을 했다. 그러나 아무리 그래봐야 얼굴이 아니라 낯짝일 뿐이었다.

"마틸드와 앞으로 어떻게 할 건지 알고 싶습니다."

"마틸드와요?"

"예, 마틸드에게서 뭘 원하죠?"

"아무것도요. 마틸드와 앞으로 뭘 할지 계획이 없습니다."

"그렇다면 도대체 뭘 하는 겁니까? 왜 집으로 돌아가지 않는 겁니까? 왜 마틸드에게 계속 이메일을 보내는 겁니까?"

스테판은 숨을 깊이 들이쉬었다.

"마틸드는 …… 내게 너무 많은 것을 요구합니다. 정말 막무가내죠. 그녀는 나와 새로이 인생을 시작하고 싶어하고 그런 내용을 편지에 적었습니다. 그녀는 날 사랑한다며 나와 계속 함께 있고 싶어합니다……."

여기서 잠깐, 독자 여러분에게 알릴 것이 있다. 이 문장을 보통 속도로 읽어보라. 스테판의 말을 네 배나 느리게 음미하며 읽어보라. 뭔가 대단한 내용이 들어 있어서가 아니라 표현이 달팽이처럼 애매해서였다. 스테판이 말을 생각해내는 뇌와 말을 내뱉는 입 사이에는 마치 구불구불 얽혀 있는 관이 있는 것 같았다. 한 문장마다 들어보면 방향을 잃게 만들었다. 스테판의 기운 없는 말투를 들으면 그가 정말로 평화를 추구하는 사람이란 느낌이 들었다.

"마틸드는 …… 모든 것을 원합니다. 하지만 난 그 모든 것을 그녀에게 줄 수는 없습니다."

"왜죠?"

"아내와 아이들에게 돌아가기로 했으니까요."

"아내도 댁을 그리워하고 있습니다. …… 아내에게 한마디만 하면 되죠."

"아뇨, 그렇게 간단하지 않습니다. 아내가 절 그리워하는 것처럼 보일 수도 있겠죠. 하지만 일단 그녀를 만나면 그녀는 싸움부터 하려고 합니다. 내가 바람피웠단 사실에 참을 수 없어하는 거죠. 그녀는 내 옷가지를 다 뒤지고 날 감시합니다."

담배를 다 피우자 스테판과 나는 다시 그의 스튜디오로 들어갔다. 스테판은 몸을 숙여 냉장고를 열더니 맥주병을 꺼냈다.

"마실래요?"

"괜찮습니다."

"정말요?"

"예."

지금까지는 기분이 괜찮고 마음도 안정되었다. 그러나 만일 술을 마신다면 더 이상 차분하게 있지 못할 것 같았다. 나 자신을 아주 잘 다스려야 했다.

"댁은 마틸드의 기대를 채워줄 수 없으니 그녀를 불행하게 할 겁니다."

"아마도요."

"그렇다면 마틸드와 이제 연락을 하지 마십시오. 그녀가 아직도 댁에게 집착하고 있다는 거 압니다. 하지만 댁이 마틸드와 더 깊은 관계를 원하지 않는다면 그만 그녀 곁에서 떠나주십시오. 무대에서 퇴장하라는 겁니다. 정말로요. 내가 알아서 생활을 정리해놓을 테니 그만 빠져주십시오. 자, 이제는 나에 대해서, 그리고 앞으로 내 계획이 뭔지에 대해 말씀드리죠."

나는 오랑지나 병을 땄다. 기다란 병에 담긴 음료는 금속 맛이 났다.

"마틸드는 나와 사는 여자입니다. 12년을 함께 살았죠. 그녀와의 사이에 아이도 두고 있고 그 아이를 무척 사랑합니다. 하지만 지난 몇 년 동안 난 그녀와 아들을 제대로 돌봐주지 못했죠. 그녀와 아들은 뭐랄까 …… 내게는 부담스런 짐 같은 존재였습니다. 내가 마음대로 활개를 치지 못하게 방해하는 구속이라고 생각했습니다. 그래요, 가정을 갖긴 했지만 정말 간절히 원해서 갖게 된 건 아니었습니다. 공부를 마치고 다소 일찍 갖게 된 가정이었죠. 그때는 그냥 그러려니 했습니다. 부모님을 선택할 수 없는 것처럼 마틸드도 선택한 게 아니라 어쩌다 보니 가족이 되었다는 생각을 했습니다. 한마디로 내게는 가정이 힘들고 괴로운 족쇄 같은 존재였습니다. 상황이 이러니 마틸드가 댁의 유혹에 안 넘어갈 수 없었겠죠. 난 그녀를 살갑게 대하지 않았습니다. 그녀에게 애정을 충분히 주지도 않았고 충실하지도 않았습니다. 그러던 어느 날 갑자기 마틸드가 내게서 멀어져갔습니다. 그런데 당신이 나타나 조금 칭찬을 해주고 미소를 지어주자 당신에게 바로 빠져들었던 거죠. 누군가 자신에게 관심을 가져준다는 사실에 그녀는 행복에 겨워 기쁨을 느낀 겁니다. 하지만 이제 나도 변했어요. 그러니까 …… 성장을 한 셈이죠. 가정이란 것이 굴레가 아니라 행운이란 사실을 이해하게 되었습니다. 가족을 갖게 되고 가족이 내게 힘이 된다는 건 대단한 행운이죠. 사실, 커플은 식사가 제대로 나오지 않는 여인숙에 불과합니다. 탁자에 먹을 것을 아무것도 가져오지 않으면 굶어 죽게 되죠. 그러니 먹을 것을 알아서 챙겨야 하는 것과 같습니다. 지금 난 변했습니다. 남편과 아버지로서의 역할을 충분히 할 준비가 되었어요. 그러나 안타깝게도 어려움이 생긴 겁니다."

"문제가 뭐죠?"

"댁이 문제입니다. 잠깐만요……."

내 주머니 속에 있던 휴대전화가 울렸다.

호랑이도 제 말하면 온다더니 마틸드의 전화였다.

"알렉상드르, 도대체 뭐야? 집에 없는 거야?"

"아, 당신이구나(평소에는 마틸드에게 이렇게 다정하게 말하지 않았다). 지금 특별한 곳에 있어."

"어딘데?"

"지금은 말해줄 수 없어. 걱정 마. 한 시간 정도 후에 집에 갈 테니까. 이따 이야기해줄게. 어쨌든 당신은 내 말을 안 믿을 테지만, 보고 싶어. 이따 봐."

난 휴대전화를 끊었다.

"아까 내가 무슨 말을 하다 말았죠?"

"가족에 대해 찬사를 하는 중이었습니다."

"그래요, 맞습니다. 깊은 이야기까지 하게 되었군요. 제게는 아내 같은 여자, 그리고 아이가 있습니다. 이들과 함께 살고 싶습니다. 그런데 댁이 장애물입니다. 그렇다고 손가락으로 '딱' 소리를 내며 댁을 사라지게 할 수도 없고 말이죠……."

"마틸드가 무엇을 원하는지 생각해본 적이 있습니까?"

"지금으로서는 마틸드가 댁과 함께 있고 싶어하겠죠. 그런데 댁이 미적거리고 망설이니까 그녀가 괴로워하는 거고요. 하지만 댁이 자신의 생각을 분명히 말하고 이제 관계를 정리하자고 말하면 그녀는 분명히 내게 돌아올 겁니다. 처음에 마틸드는 당신과 헤어져 괴롭겠지만 시간이 지나면 댁에 대한 기억도 희미해질 겁니다. 상처도 아물겠죠. 태도를 분명히 하십시오. 그녀와 새로운 인생을 시작할 준비가 안 되었다면 물러나란 말입니다. 우릴 그냥 내버려두세요."

아직 내 말은 끝나지 않았다. 다음 단계로는 감정에 호소하는 방법을 사용하고 싶었다.

"마틸드만의 문제가 아닙니다. 댁 같으면 아이들과 헤어질 경우 어떻게 참을 수 있습니까? 아이가 둘 있다고 들었는데요, 맞습니까? 막내가 몇 살이죠?"
"한 살입니다."
"정말 어리군요. 아직 기저귀를 차야 하는 나이고요. 아이들과 헤어지면 가슴이 아프지 않습니까?"
"압니다. 아이들과 헤어지면 미칠 듯이 가슴이 찢어지죠."

난 자리에서 일어났다. 어떤 폭력도 쓰지 않았다. 내가 이번 경기에서 이긴 것 같았다. 스테판을 케이오시켜 바닥에 눕힌 셈이었다. 가기 전에 마지막으로 펀치를 날려주고 싶어 이렇게 말했다.
"자, 그럼 마틸드가 기다리고 있어서."
난 윗도리의 단추를 잠갔다.
"잠시만요."
스테판이 말했다.
"뭐죠?"
"읽어보셨으면 하는 게 있습니다."
"뭐죠?"
"이메일입니다."
스테판은 고단수였다. 마지막 순간에 판을 엎으려고, 상황을 역전시키려고 하고 있었다. 자신이 마틸드에게 보낸 사랑의 편지, 또는 비슷한 종류의 뭔가를 내게 읽게 할 생각이란 말이지. 그러나 날 그렇게 쉽게 쓰러뜨리지는 못할 거야. 이미 감을 다 잡았으니까.

지금 스테판은 컴퓨터에서 뭔가를 찾고 있었다. 왜 스테판은 글로 마음을 전하려 했을까? 겁 많고 소심해서 말로 표현할 수 없었던 걸까? 그래서 완곡하게 표현하려고 글을 쓰고 싶었던 걸까?

"이 메시지는 누구에게 보내는 거죠?"

"댁에게요."

"내 이메일 주소도 모르지 않습니까?"

"언젠가는 알게 되겠죠. 잠시만요, 자 이게 제가 댁에게 쓴 메시지입니다."

난 고개를 숙여 글을 읽었다.

선생님께

제 메시지를 받고 놀라실지도 모르겠습니다. 마틸드는 정말로 평범한 여자가 아닙니다. 선생님의 아내 마틸드와 여러 달 사귀었습니다. 그러나 지금은 이 편지로 말씀드리기 곤란한 복잡한 이유 때문에 그녀와의 관계를 정리하려고 합니다. 그녀를 돌볼 수 있는 건 선생님밖에 없습니다. 하지만 마틸드는 이제까지 제가 만난 최고의 여성이라는 점은 알아주십시오. 정말로 특별한 여자입니다. 선생님은 행운아군요. 그녀는 세세한 부분에서도 관심을 많이 받고 싶어합니다. 선생님께서 그녀를 잘 돌봐주시고 그녀를 행복하게 해주셨으면 좋겠습니다.

도대체 이 멍청한 자식이 무슨 권리로 내게 이래라저래라 하는 것인가? 나와 마틸드의 사이를 갈라놓을 뻔한 작자가 누구였더라? 어린 두 아이를 나 몰라라 하고 내팽개친 사람이 누구였더라? 하지만 난 기분 나빠하는 표정은 짓지 않았다. 차분한 마음을 유지하고 싶었다.

"감사합니다. 그럼, 이만 가보겠습니다."

스테판이 현관문까지 데려다주었다. 스테판과 나는 서로 그대로 선 채 쳐다봤다. 마치 스테판과 나의 모습은 전선에서 돌아가는 병사 같았다. 또는 얄타 회담에서 만난 정상 같았다. 난 망설였다. 그러나 어쨌든 그에게 악수를 청하지는 않을 작정이었다. 난 그냥 조그만 목소리로 "안녕히 계십시오."라고 한 다음 복도를 걸어갔다. 겁쟁이 같은 자식, 감상적인 성격의 유약한 자식 스테판을 뒤로한 채.

같은 날 새벽 2시
난 미치지 않았어

집에 들어온 나는 얼굴에 묘한 웃음을 흘렸다. 스테판 쿠이야르와 이야기를 벌인 끝에 내가 유리한 입장이 되어서였다.

"모든 게 제자리로 돌아가는 겁니다. 남편은 댁을 사랑합니다. 남편이 바라는 건 오직 하나, 가정으로 돌아가 자신의 자리를 찾는 거지요. 남편과 마틸드가 함께 있지 않았으니 안심하시고요. 그리고 두 사람은 적어도 2개월 전부터는 섹스를 하지 않았습니다. 또한 남편이 바라는 게 하나 더 있습니다. 다시 댁과 잘 해보고 싶어합니다. 그러니 분노와 두려움을 가라앉히고 문을 열어놓으십시오. 그렇게 해야 합니다. 아이들을 생각하십시오."

난 마치 결혼상담소 전문가처럼 스테판의 이내에게 말했다. 마치 가족을 소중히 생각하는 사람처럼 설득력 있는 목소리로 말했다. 이제는 마틸드의 차례였다. 잠옷을 입고 침대에 앉아 날 기다리던 마틸드는 잡지를 열심히 보는 척했다.

"어디 갔다 왔어?"

마틸드가 의심스런 목소리로 물었다. 내가 어디 이상한 곳에 갔을 거라 확신해서였다. 그녀는 내가 어떤 여자와 있었거나, 술을 잔뜩 마셨거나, 아니면 변태업소에 갔을 거라고 생각하고 있었다. 하지만 어디 보자고…….

"스테판 씨와 같이 있었어."

"뭐라고? 말도 안 돼……."

마틸드가 얼굴을 두 손으로 감쌌다. 자신의 얼굴을 보이지 못하는 마틸드. 그녀는 충격을 받았는지 울었다.

"어디서 스테판을 만난 거야?"

"그 남자의 누나 집에서 르드뤼 롤랭 가."

"어떻게 해서 만나게 된 거야?"

"그 남자의 아내가 아까 저녁에 전화를 했어. 당신과 통화하고 싶어했는데 내가 중간에서 가로챈 거지."

"이제야……, 알겠어."

마틸드의 얼굴에서 눈물이 재빨리 사라졌다. 이제 마틸드는 즐거워 보였다. 우리는 12년을 함께 사는 동안 놀라운 삶을 경험했다. 감정적인 소용돌이에 휩싸이기도 했고, 서로 다른 상대들과 섹스를 하기도 했으며, 헛짓도 많이 했고, 서로의 외도 경험을 충격적으로 고백하기도 했다. …… 실제로 마틸드가 추구하던 것이기도 했다. 그녀는 지루한 일상에서 활기를 좀 찾고 싶어했다.

독자 여러분은 나와 스테판이 무슨 이야기를 나누었는지 이미 알고 있다. 난 스테판과 나눈 이야기를 마틸드에게 하나도 빠짐없이 전했다. 정말로 충실하게 전달했다. 스테판이 가정으로 돌아가고 싶어하며 마틸드와 깊은 관계까지 갈 수 없어한다는 이야기도 했다. 내가 이야기를 들려주면 들려줄수록 마틸드의 마음속에서 애인에 대한 애정이 약해지는 것을 느꼈다. 난 너무 티가 나게 그녀를 괴롭히지 않으며 연기를 잘 해냈다. 스테판이 내게 보여주었던 편지 내용까지도 그녀에게 말해주었다.

"마틸드, 당신에게 물어볼 게 하나 있어."

"뭔데?"

"스테판은 물론 못된 남자는 아니더군. 친절했어. 하지만 이해가 안 가. 도대체 그 남자의 어디가 좋았던 거야? 내가 보기엔 지극히 평범한 남자던데. 평범한 도시인에, 평범하게 일하는 사람처럼 보이던데. 환상을 불러일으키는 남자도 아니고. 그 남자의 어디에 끌렸던 거야?"

"정확히 잘 봤어. 평범하기 때문에 끌렸어."

"이해가 안 되는데."

"그 남자는 뭐든 시작할 때 신중하게 생각을 했어. 나와 있을 때도, 처음에 만나 사귀었을 때도 그랬지. …… 예를 들면 그 남자는 콘돔 없이 관계를 맺으려고 하지 않았어. 3개월 동안 기다려보지 않고 충동적으로 관계를 맺는다는 생각은 하지도 않았고."

"그리 지적인 남자는 아니었어."

"지적인 남자만 매력적인 건 아냐."

"알았어, 하지만 그래도……."

"당신이 잘못 생각한 거야, 알렉상드르. 난 언제나 광기를 보고 자랐어. 우리 집안사람들도 모두 타락하고 제정신이 아니었지. 계속되는 히스테리 같다고나 할까. 그리고 당신과 있을 때도 비슷한 느낌을 가졌단 말이야."

"난 미치지 않았어."

"아마 그렇겠지. 하지만 당신도 너무 열정에 사로잡히는 형이야. 책을 쓰지 않으면 술을 마셔대지. 그러다가 글을 쓸 땐 열네 시간 내지 열다섯 시간 내리 일만 해. 섹스 없이 하루도 견디지 못하고. 당신은 섹스를 하루라도 안 하면 화가 나 '씩씩' 거리잖아. 하지만 스테판은 몇 주 동안 섹스를 하지 않아도 잘 살 수 있는 남자야. 병적인 섹스 중독자가 아니라고."

"당신이 나한테 선물을 주듯이 섹스에 응해준 것처럼 말하는군."

"스테판이 소시민 같아 보여? 그래, 나도 그렇게 생각해. 그래서 그 남자를 사랑해. 적어도 그 남자는 내게 평화를 가져다주었으니까."

8월 19일 토요일

이별

마틸드의 애인을 단독 결투에서 쓰러뜨렸지만 스테이크 때문에 이제는 내가 패배자가 되는 일이 벌어졌다.

토요일 점심시간. 내가 마틸드에게 점심에는 뭘 만들 거냐고 물어봤다. 악의 없이 한 질문이지만 하지 말았어야 했다.
"별것 없어. 원하면 쌀 요리 해줄게."
마틸드가 마지못해 대답했다. 그러자 나는 넌지시 이렇게 말했다.
"냉장고에 햄 남은 거 없어?"
그런 다음 좀 더 진지하게 이렇게 말했다.

"고기는 없어?"

화통한 마틸드였기에 내가 별것 아닌 것 가지고 투덜대는 걸 못 참아했다. 그녀는 화를 냈다. 첫째, 마틸드는 요즘 식욕이 없었다. 먹는 게 역겹다고까지 했다. 둘째, 냉장고에 먹을 게 하나도 없다면 그건 그녀의 탓도 되지만 내 탓도 되었다. 내가 장을 봐오면 해결되는 일이었으니까. 셋째, 마틸드는 고기만 좋아하는 내 식성과 매끼마다 고기 요리를 해달라고 하는 나의 바보 같은 태도에 질려 했다.

정말로 사소한 일로 사랑이 끝나는 법이다. 하늘에 헬륨 풍선이 계속 떠 있듯이 사랑도 계속 멈춰 있는 건 아니다. 사랑은 사그라지는 법이다. 사랑이 사그라지지 않으면 사랑이 영원히 사라져도 눈치 채지 못한다. 그래, 상대방을 사랑하지 않고 상대방의 말과 행동이 싫어지면 사람은 당황해하고 불쾌해하며 참을 수 없어 자신을 학대한다. 내가 점심에 뭘 먹을 거냐고 물어보면서 마틸드가 내게 더 이상 애정이 없다는 사실과 마틸드가 여전히 화가 나 있다는 사실을 알게 되었다.

난 주변을 돌아보았다. 수확이 좋은 코트 뒤 론 산産 레드 와인이 있었다. 탁자 한쪽에서 와인 병을 따며 난 서서히 생각이 명확해졌다(참, 이야기 안 한 것이 있는데, 마틸드는 술을 전혀 마시지 않았다). 바구니에는 아페리티프(식욕을 증진하기 위하여 식사 전에 마시는 술)에 곁들여 먹는 견과류가 담겨 있었다. 주말의 일기. 쥘리앵은 의자 위에서 장난감 자동차를 가지고 놀고 있었다. 쥘리앵은 조금 있다가 집 안에 벼락처럼 난리가 날 거란 생각을 하지 못하고 있었다.

마틸드는 더 이상 날 사랑하지 않았다. 분명한 사실이었다. 몇 주 동안 난 이런 사실을 애써 외면하려 했다. 더 이상 날 원하지 않는 여자, 더 이상 내게 다정한 말과 칭찬도 하지 않는 여자, 더 이상 내게 키스도 해주지 않는 여자와 살면서 어떻게 내가 행복해질 수 있을까?

마틸드가 냉장고 구석에서 등심을 찾아내는 것을 보고 내가 이제 할 일은 오직 하나뿐이란 걸 알았다. 이 집을 떠나는 거였다. 이곳에서 사라져주는 거였다. 하지만 어디로 가지? 모르겠다. 일단은 나가야겠다는 생각이 들었다.

난 답답한 가슴을 안고 밖으로 나갔다. 이번에는 겨울처럼 썰렁한 이놈의 집구석으로 다시는 돌아오지 않을 작정이었다.

난 아파트 계단을 내려갔다. 마틸드의 얼굴이 난간 사이로 보였다.

"알렉상드르! 알렉상드르! 도대체 뭐 하는 거야? 당신이 그렇게 가버리면 쥘리앵에게 뭐라고 해? 나가더라도 생각 좀 하고 제대로 처신해. 아이처럼 유치하게 굴지 좀 마. 날 이대로 버리고 가지 말란 말이야."

난 마틸드에게 뭐라고 쏘아붙이고 싶었다. 하지만 목이 메여 아무 말도 하지 못했다. 내 입에서 아무런 소리도 나지 않았다. 더 이상 내 마음을 표현할 수가 없었다. 마지막 결정을 내렸을 뿐이다. 헤어지는 것. 결과는 내가 다 책임질 생각이었다.

마틸드의 목소리가 2층 계단 위에서 다시 한 번 들렸다.

"쥘리앵에게는 뭐라고 말해야 해?"

질문 한번 잘했군. 마틸드, 앞으로 어떻게 살아갈지, 당신이 우리 가정을 어떻게 파괴했는지 쥘리앵에게 설명해주라고.

위에서 현관문이 닫히는 소리가 들렸다.

난 복도를 지나 아파트 1층 출입문을 밀고 보도에 서 있었다.

아무 거리나 닥치는 대로 걸었다. 평소라면 절대로 가지 않을 길만 골라 갔고 아는 길은 피했다. 그냥 길을 잃고 사람들 사이에 파묻히고 싶었다. 복잡한 파리에서 사라지고 싶었다. 다행히 집에서 지갑과 현금카드는 가지고 나왔다. 다만 갈아입을 옷이 없었다. 하지만 그렇다 해도 집으로 다시 돌아가지는 않을 생각이었다.

20분 뒤, '르 마레 지구'의 어느 골목길 한가운데서 난 고개를 들어 한 건물을 봤다. 2층 창문에는 흰색 커튼이 매달려 있었다. 갑자기 예전 생각이 났다. 루시유. 내가 잊어먹고 마틸드에게 말하지 않은 외도 상대였다. 마틸드와 냉각기였을 때 만난 여자였다. 루시유. 루시유가 학생 시절에 살던 이곳 건물의 스튜디오 2층 창문 뒤에서 한두 번 관계를 맺었다.

처음에 난 루시유에게 곧바로 수작을 걸었다. 강의를 마치고 나올 때 그녀에게 주소를 물었다. 그녀가 주소를 가르쳐주었다. 다시 난 그녀에게 집으로 들어갈 수 있는 코드 번호를 물었다. 역시 그녀는 코드 번호를 알려주었다. 우리는 안면만 튼 사이였지만 그녀는 내게 이렇게 말했다.

"올 건가요?"

침묵이 흘렀다. 루시유는 갑자기 은근한 목소리로 혼자 대답을 했다.

"그래요, 와요."

루시유의 몸은 정말로 환상적이었다. 그녀를 취하는 순간, 마치 사모트라스의 승리와 같은 기쁨을 느꼈다. 루시유는 팔다리가 가늘고 허벅지도 날씬하고 곧았다. 가슴은 어머니 가슴처럼 풍만하기보다는 여전사의 가슴처럼 탄력이 넘쳤다. 하지만 루시유에게 더 이상의 깊은 애정을 느낄 수가 없었다. 루시유와의 육체관계는 단순히 아름다운 대리석 작품을 만진 것 같은 느낌 그 이상도, 그 이하도 아니었다. 너무 빨리 불붙은 관계는 금방 사그라지게 마련이었다.

여전히 길 한가운데 서 있는 나는 머뭇거렸다. 루시유는 아직도 여기에 살고 있을까? 이 스튜디오는 루시유 부모님이 소유하고 있는 것 같았다. 그때가 …… 벌써 십 년 전이었다. 만일 내가 여기서 '루시유' 하고 크게 부른다면 그녀가 창문가에 나타날까? 지금 이렇게 진저리나도록 외로운 이 순간에 과거의 망령을 다시 불러내도 되는 걸까?

모든 일이 결국에는 아주 빨리 돌아갔다. 지난 몇 달간 일이 한

꺼번에 터져 정신이 없었다. 그 일을 차분히 정리하려면 시간이 필요했다. 하지만 갑작스런 변화가 일어나기도 했다. 여성을 철학적으로 보게 된 것이었다. 내게는 혁명과도 같은 변화였다. 코페르니쿠스와 갈릴레오는 태양이 지구 주위를 도는 게 아니라 반대로 지구가 태양 주위를 돈다고 했다. 사랑의 슬픔을 겪자 마찬가지로 나도 이런 사실을 깨닫게 되었다. 여자들이 내 주위를 도는 게 아니라 내가 여자들 주위를 도는 거였다. 또는 남자와 여자는 서로 상대방의 주위를 돌며 끝없이 다시 만나고 싸우고 즐겁게 보내는 거였다. 남자와 여자의 관계는 결코 정지되지 않는 것이었다. 남자와 여자의 입장은 늘 변할 수 있었다.

성숙해지고 깨달음을 얻기까지 고통을 겪어야 하다니 어리석다. 하지만 고통은 우리 인간에게 가르침을 주는 유일한 학교다. 마음이 조여오는 절망감을 왜 인간은 느껴야 하는 걸까? 필요 없는 과정일지도 모른다. 하지만 고통을 통해 사랑이란 굴레에서 좀 더 자유로워지고 이기적인 계산에서 벗어나 다시 한 번 더 순수해질 수가 있다. 커다란 고통을 겪을수록 성숙해져서 호감 가는 사람이 되고 사랑을 더 잘 할 수 있게 된다.

갑자기 내 오감이 열렸다. 세상이 다르게 보이다니, 몇 달 만에 처음 있는 일이다. 갑자기 감정의 소용돌이에 휘감기면서 내 욕구, 내가 빠졌던 우월한 여성들과의 접촉을 통해 겪은 마음의 번뇌가 사라져갔다. 지금, 세상이 내 눈앞에 펼쳐져 있다. 거리, 길가에 주차된 자동차들, 볼록하게 튀어나온 오래된 건물들이 이제까지와 달리 강렬하게 다가왔다. 빛깔이 눈에 들어왔다. 건물들은 크림색 또는 베이지색이 감도는 회색으로 다시 옷을 갈아입은 상태였다. 바의 외관은 핏빛처럼 새빨간 색이었으며, 창가에 놓인 화분에는 분홍색 장미들이 심어져 있었다. 난 건물과 건물 사이를 바라보다가 하늘을 봤다. 하늘에는 구름 한 점 없었다. 푸르른 하늘. 9월은 아직 오지도 않았다. 9월이 아직 오지 않았다는 단순한 사실에 난 감탄했을 뿐만 아니라 미친 듯이 웃고 싶었다. 날씨는 화창했다.

옮긴이의 말

12년을 함께 산 남자와 여자
그들의 적나라한 삶의 이야기

아이가 있는 십 년 차 이상의 커플 또는 부부에게 사랑과 섹스는 어떤 의미일까? 이 문제에 대해 생각해보게 하는 소설이 바로 이 작품이다. 자전적 소설 형식으로 되어 있는 이 작품은 톡톡 튀는 감성의 소제목이 달린 일기 같아서, 마치 타인의 사생활과 생각을 몰래 들여다보는 듯한 짜릿함을 느끼게 한다.

남성 작가이다 보니 남성 중심적인 시각이 나타나지만 오히려 솔직해서 남자의 본성을 알 수 있는 기회를 주기도 한다. 너무 솔직해서 가식이 안 느껴진다고나 할까? 솔직히 남성이 여성의 마음을, 여성이 남성의 마음을 백 퍼센트 이해한다는 것이 오히려 가식 아닐까? 커플이나 부부도 거창한 이유가 아니라 소소한 차이에서 갈등과 싸움이 시작되기 때문이다.

　이 소설을 번역하면서 남녀가 사는 이야기는 한국이나 프랑스나 별반 차이가 없다는 것을 다시 한 번 느꼈다. 싸우는 과정, 서로에게 쌓이는 앙금, 외도, 섹스에 대한 불만족, 별거, 이 모든 것은 세계 어느 곳에나 존재하는 이야기이니 말이다.

　작가가 젊은 나이라 그런지 소설 곳곳에서 은근한 유머를 느낄 수 있으며, 분명 남녀의 심각한 문제를 다루고 있지만 전혀 무겁지 않고 현실적이면서도 가벼워 부담 없이 읽을 수 있다. 예를 들어 작가는 12년 동안 함께 살고 있는 파트너가 어느 날 자신의 애정 표현을 혐오스럽게 거부하자 이런 자신을 '징그러운 문어'에 비유한다. 징그럽고 지긋지긋하게 느껴지는 상대방에게 적합한 비유란 생각이 들었다.

　섹스 문제도 낯 뜨겁거나 역겹게 다루는 것이 아니라 오랜 커플이나 부부라면 공감할 수 있을 정도로 현실적으로 그렸다. 미혼 독자들에게는 십 년 차 동거 커플이나 결혼한 부부의 현실적인 삶의 한 단면을 간접적으로 체험하게 해주는 소설이기도 하다.

　이 소설에 등장하는 주인공 남녀도 연애 시절에는 서로 잘 맞는 커플이었으나 함께 아이 낳고 살다 보니 섹스에 대한 불만족과 현실적인 문제가 마주하면서 서서히 갈등하고 앙금을 갖게 된다. 이 소설의 재미요 매력이라면, 일반 커플이나 부부들이 겪을 수 있는 삶의 과정을 시간대별로 섬세하고 사실적으로 다루었다는 것이다. 읽으면서 소설이 아니라 에세이처럼 느껴지는 것도 바로 이 때문이다.

프랑스 소설은 이질적이고 머리 아플 거라 생각하는 독자들에게도 이 소설을 권하고 싶다. 프랑스 소설도 충분히 현실적이고 우리네 사는 방식과 그리 다르지 않다는 것을 느낄 수 있고, 그간 프랑스 소설에 대해 갖고 있던 편견을 어느 정도 깰 수 있기 때문이다. 원작 소설이 워낙 흐름도 빠르고, 작가의 툭 던지는 말투가 재미있으며, 상황이 현실적으로 잘 묘사되어 있어서 그런지 번역 작업도 신속하고 재미있게 할 수 있었다. 또한 번역 작업을 하면서 그야말로 일상적인 생활과 느낌을 흥미롭게 풀어가는 작가의 능력에도 감탄했다. 소설이 아니라 분명 작가의 경험담일 거라는 의심을 갖기도 했으니 말이다.

이렇게 현실적이고 흥미로운 소설을 번역할 수 있어서 행복했다. 독자 분들이 이 소설을 재미있게 읽어준다면 번역가로서 더 이상 바랄 것이 없을 것 같다.

옮긴이 이주영
2009년 4월 어느 화창한 날 아침에

여성의 우월성에 관하여

첫판 1쇄 펴낸날 2009년 6월 2일

지은이ㅣ알렉상드르 라크루아
옮긴이ㅣ이주영
펴낸이ㅣ박남희
디자인ㅣStudio Bemine
제작ㅣ이희수
종이 공급ㅣ화인페이퍼
인쇄ㅣ청아문화사
제본ㅣ정민제본

펴낸곳ㅣ(주)뮤진트리
출판등록ㅣ2007년 11월 28일 제318-2007-000130호
주소ㅣ서울시 영등포구 양평동 2가 37-2 양평빌딩 301호
전화ㅣ02-2676-7117 팩스 02-2676-5261
E-mailㅣgeist6@hanmail.net

ⓒ 뮤진트리, 2009

ISBN 978-89-961210-6-0-03860
값 12,000원

* 잘못된 책은 교환해드립니다.